Ricordi per sempre

MONTGOMERY INK

CARRIE ANN RYAN

Ricordi per sempre

Romanzo della serie
Montgomery Ink

Carrie Ann Ryan

Ricordi per sempre
Romanzo della serie Montgomery Ink
di Carrie Ann Ryan
Traduzione dall'inglese di Well Read Translations
© 2022 Carrie Ann Ryan

eBook ISBN: 978-1-63695-129-4
Paperback ISBN: 978-1-63695-130-0

Traduzione di Well Read Translations

Ricordi per sempre

La serie Montgomery Ink di Carrie Ann Ryan, autrice di best seller per il New York Times, continua con l'ultimo dei fratelli Montgomery di Denver, che si rifiuta di innamorarsi dell'ex del fratello: il nuovo idraulico dell'azienda.

Wes Montgomery è rimasto a guardare mentre tutti i membri della famiglia si innamoravano e adesso è pronto a sistemarsi. Ma la persona con cui sembra avere chimica non solo è l'ex del fratello gemello, ma lavora anche per la Montgomery Inc. Quando i due alla fine si trovano in una situazione compromettente dopo l'altra, Wes si rende conto che sta avendo ripensamenti sulla donna dinamica che è prepotentemente entrata nella sua vita. Certo, lo fa arrabbiare, ma lo infiamma in ogni altro modo possibile.

Jillian Reid non ha mai voluto bene al migliore amico come gli altri avrebbero voluto e lo ha allontanato per fargli avere un futuro. Adesso, pur lottando, si ritrova attratta dall'unico uomo dal quale dovrebbe stare lontana. Quando la salute del padre peggiora e un pericolo inaspettato si profila all'orizzonte, è costretta a chiedere aiuto a Wes. I due hanno represso la loro attrazione, perciò entrambi cedono al desiderio. Ma la storia che li vede passare da nemici ad amanti potrebbe avere un finale che nessuno immagina.

Capitolo uno

Wes Montgomery era pronto per una birra fredda e una donna compiacente. Ok, forse solo per la birra fredda, dato che non aveva una donna da cui tornare come gli altri uomini della sua famiglia e della sua cerchia. Ma aveva della fantastica birra a casa.

Si massaggiò la nuca e strizzò gli occhi per leggere sull'agenda gli appuntamenti relativi al resto del pomeriggio. Forse avrebbe dovuto scriverli su un quaderno che poteva portarsi in cantiere, ma viveva e respirava attraverso il tablet. Si connetteva al cellulare, al portatile *e* al computer e aveva costantemente due copie di backup. Perché avrebbe dovuto rischiare quella dettagliatissima organizzazione con qualcosa che poteva volare via in una giornata ventosa oppure mentre buttavano giù una parete e installavano le tubature?

Appena Wes pensò al vento, sentì sulla pelle una forte brezza e alzò gli occhi al cielo quasi del tutto sereno. Erano a Denver e il tempo poteva cambiare in un baleno, ma per il momento c'erano solo alcune nuvolette bianche, quasi tutte intorno ai picchi alti e frastagliati delle Montagne Rocciose. Non poté fare a meno di sorridere al panorama magnifico, che non solo gli ricordava quanto fossero piccole le sue preoccupazioni nel grande disegno dell'esistenza, ma gli diceva anche dov'era l'ovest. Non aveva assolutamente idea di come facessero le persone di fuori a sapere in che direzione guidare senza il navigatore, se non avevano il profilo delle montagne e delle colline a dire loro dove andare.

"Sogni a occhi aperti adesso? L'avevi segnato in agenda?"

Wes abbassò la testa e mostrò il medio al fratello gemello Storm mentre entrava. Wes strinse gli occhi quando vide che l'altro indossava gli stivali da lavoro e la solita camicia di flanella logora, come se Storm avesse avuto intenzione di lavorare tutto il giorno in cantiere. Tenuto conto che si era *appena* ripreso da un incidente quasi mortale, Wes sperò che non fosse così.

Non voleva spaccare il culo al fratello perché faceva lo stupido.

Loro due non erano identici, ma tra gli otto fratelli della famiglia Montgomery erano quelli che, stando agli altri, si somigliavano di più. Avevano i capelli della stessa sfumatura di castano come tutta la famiglia, così come gli occhi di un blu brillante. Quello che li rendeva più somiglianti probabilmente erano la mascella squadrata e il sorriso, anche se Storm non aveva sorriso molto prima di arrendersi e innamorarsi.

Erano Montgomery fatti e finiti. La maggior parte dei figli maschi portava la barba lunga, anche se Wes tendeva a radersi prima di incontrare i clienti, e tutti loro erano tatuati. Persino le sorelle avevano un sacco di tatuaggi, Maya quasi più di tutti gli altri. Il che aveva senso, se si teneva conto del fatto che lei e Austin, il fratello maggiore, erano i titolari di un negozio di tatuaggi che si chiamava Montgomery Ink.

Per quanto Wes e Storm avessero i tatuaggi e persino dei piercing, come alcuni membri della famiglia, non lavoravano nel negozio di tatuaggi dei fratelli. Al contrario, erano i proprietari della Montgomery Inc., un'impresa edile che i loro genitori avevano avviato e di cui poi avevano ceduto le redini ai figli. Wes si occupava della contabilità ed era praticamente sempre al comando. Storm era l'architetto ed era un dio quando si trattava di capire come far quadrare tutto in un restauro o una nuova costruzione.

Con il tempo, altri si erano uniti alla compagnia che avevano fondato i genitori e in cui avevano faticato. Da quando ne era al comando, Wes sentiva tutto il peso della responsabilità.

"Cosa diamine ci fai in cantiere con quella che sembra essere la tua uniforme?" gli chiese Wes quando Storm gli si avvicinò. Non voleva urlare, nel caso ci fossero gli operai. I genitori dicevano sempre che non era mai un bene comportarsi da bambino invece di dimostrare di essere il capo. "Dovresti essere a letto mentre Everly e i ragazzi ti confortano."

Storm sollevò un sopracciglio. "Idiota, siamo nella libreria della mia fidanzata, è ovvio che sarei stato qui."

"E non solleverà nulla," disse Everly, mentre li raggiungeva. La compagna di Storm finse di guardarlo male e si fermò accanto a loro. Aveva lunghi capelli biondo cenere, acconciati in una crocchia morbida da cui scendevano alcune ciocche. Wes sapeva che probabilmente si era pettinata così per sopravvivere a una mattinata piena con i gemellini, un cucciolo e Storm che faceva i capricci, ma non riusciva a smettere di pensare che Storm fosse fortunato.

Non che Wes volesse Everly in quel modo, ma avere qualcuno, *chiunque* da cui tornare doveva essere bello. Dio, cominciava a suonare cupo.

"Non solleverò niente," ripeté Storm. "Te lo prometto. Sono qui solo per supervisionare e rispondere alle domande. Questi sono solo dei vestiti comodi per qualsiasi tipo di lavoro." Mise lentamente un braccio intorno alle spalle di Everly e lei gli si appoggiò, anche se Wes si accorse che era stata attenta a non pesargli contro. Storm si era fatto molto male alla schiena ed era fortunato a riuscire ancora a camminare, ma gli era concesso fare esercizio, anzi, tutti lo incoraggiavano.

"Ti prenderemo una sedia e ti organizzeremo una postazione, allora," gli disse Wes. "Non voglio correre rischi inutili."

Storm sospirò, ma sorrise. "Non ti preoccupare. Non ho intenzione di mettermi a ballare o sollevare nemmeno una scatola. Ho promesso ai ragazzi che oggi pomeriggio li avrei guardati giocare nella piscina in cortile e non ho intenzione di infrangere la mia promessa."

Si riferiva ai figli che Everly aveva avuto dal precedente matrimonio, ma Storm li conosceva da sempre, dato che era stato amico di Everly e del defunto marito. Storm stava per adottare i gemelli *e* sposare Everly.

Wes non riusciva a credere a quanto la situazione si fosse evoluta rapidamente, ma diamine, negli ultimi anni era cambiato *tutto* così tanto che quasi non riusciva a tenere il filo.

Austin, il fratello maggiore, aveva sposato la ragazza della porta accanto, Sierra, e avevano due figli, anche se il più grande era nato da una relazione precedente. Leif era un adolescente, avrebbe dato del filo da torcere a tutti. La sorella minore di Wes, Miranda, aveva sposato l'amico Decker, che lavorava con Storm e Wes alla Montgomery Inc.; anche loro avevano un figlio. Wes non sapeva come avesse fatto la sua sorellina a crescere tanto in fretta. L'attimo prima le metteva sul ginocchio un cerotto con le principesse, quello dopo Miranda cullava un figlio tra le braccia. Meghan, la più grande tra le ragazze Montgomery anche se comunque più piccola di Wes, aveva sposato il migliore amico Luc e avevano *tre* figli. Lavoravano entrambi con Wes, Meghan si occupava di progettazione dei giardini e Luc era il loro capo-elettricista.

La loro era una ditta a conduzione familiare e sembrava continuare a crescere con il passare del tempo, proprio come la famiglia.

Il fratello minore di Wes, Griffin, aveva sposato l'assistente personale, anche se lo stesso Wes non era sicuro che lei svolgesse ancora quel ruolo e non aveva intenzione di chiedere. Autumn arrossiva sempre tantissimo ogni volta che Wes vi accennava e lui non voleva *assolutamente* sapere cosa facessero lei e Griffin quando le porte dell'ufficio si chiudevano.

Maya, la sorella Montgomery di mezzo, non solo aveva sposato il migliore amico, ma anche l'ex ragazzo *di lui*. Legalmente, era sposata solo con uno dei due, ma tutti coloro che erano vicini alla famiglia conoscevano la verità. Maya, Jake e Border avevano avuto un figlio nello stesso periodo di Meghan e Miranda e le tre sorelle stavano crescendo i bambini insieme. In quel modo, come Wes e i suoi fratelli, i piccoli avrebbero avuto una grande famiglia con cui crescere, anche se erano cugini e non fratelli o sorelle. Tuttavia, per quanto ne sapeva Wes, tutti si stavano adoperando per aggiungere altri marmocchi alla nidiata. Per un po', ovunque lui si girasse qualcuno aspettava un bambino. Per fortuna, dato che non aveva una relazione seria ed era single da quando lui e Sophia avevano rotto, la questione non lo riguardava.

Infine, c'era Alex. Wes si strofinò il petto pensando al fratello minore. Alex aveva attraversato l'inferno e Wes aveva da poco scoperto i dettagli. Ma, alla fine, Alex ne era uscito più forte ed era innamorato dell'impiegata di Wes, Tabby. Per un po', la maggior parte della famiglia aveva pensato che Wes e Tabby sarebbero finiti insieme, ma Wes non poteva trattenere una smorfia all'idea. Per lui Tabby era praticamente come un'altra sorellina, niente di più, e Wes sapeva che per lei era lo stesso. Solo perché a entrambi piacevano le agende e l'organizzazione non significava che fossero fatti l'uno per l'altra. Evidentemente, Tabby non era fatta per Wes, ma per il fratello.

Il che lasciava Wes per conto proprio. Da solo. Senza una donna.

Se quello non era un pensiero deprimente, Wes non sapeva quale potesse esserlo.

"Stai di nuovo sognando a occhi aperti," disse dolcemente Storm. "Stai bene, Wes? Sembri strano, oggi."

Wes si scosse da quei pensieri e rivolse al fratello un sorriso veramente sentito. Anche se non aveva una donna nella propria vita, non era infelice. Aveva un lavoro che gli piaceva e una famiglia che lo amava. Per una volta, sembrava che stessero tutti bene. Il che era tanto, considerando che erano stati nelle sale d'attesa di qualche ospedale più di quanto qualsiasi famiglia dovrebbe, soprattutto nell'ultimo anno. Tanto valeva ribattezzare il pronto soccorso l'Ala Montgomery, a quel punto.

"Sto bene. Sto solo pensando a quanto sia diventata grande la famiglia Montgomery." Era la verità, o almeno ne era una parte.

"Sembra che raddoppiamo ogni mese." Storm mise il braccio intorno alla spalla di Everly. "Ma non mi dispiace."

Everly alzò gli occhi al cielo. "Considerato che io e i bambini ti abbiamo invaso casa, spero di no."

"Beh, Randy aveva già cercato di prendere il controllo e credo che i gemelli lo stiano aiutando, il cagnolino."

Wes guardò la coppia e scosse la testa mentre battibeccavano. Storm ed Everly erano stati buoni amici prima che il marito di lei morisse. Poi, per qualche ragione, si erano allontanati, anche se erano rimasti in contatto per il bene dei bambini. Infine si erano fidanzati ed erano pronti a costruire una nuova famiglia, oltre a restaurare la libreria di Everly.

Anche Wes aveva quel desiderio, dannazione. Una volta ci si era avvicinato ed era finito tutto in malora per varie ragioni, tra cui il fatto che Sophia non era la donna giusta per lui. Al momento, non aveva nessuna prospettiva.

Ignorò il pensiero che lo punzecchiava e gli diceva che *c'era* una persona da cui era più che attratto: non avrebbe mai ceduto a quella precisa tentazione.

Come se quella sirena e il suo canto fossero stati evocati dagli stessi dei, *lei* entrò nell'edificio.

Jillian Reid. L'ex amica di letto di Storm e l'attuale capo idraulico della Montgomery Inc.

Jillian entrò con indosso i soliti pantaloni cargo e una maglietta di cotone con il logo della Montgomery Inc.,un cerchio che racchiudeva le lettere MI con un fiore sul lato che ricordava un iris. Tutti Montgomery in età adulta, inclusi i coniugi, avevano un tatuaggio che lo raffigurava. Era un rito di passaggio per la famiglia e Wes sapeva che Everly se lo sarebbe fatto tatuare presto.

I pensieri di Wes tornarono a Jillian, che stava andando verso di loro. Quando lei mise giù la borsa dei ferri e stiracchiò la schiena, il gesto le spinse il seno contro il cotone sottile della maglietta. Wes deglutì rumorosamente e alzò gli occhi verso quelli blu di lei. Jillian lavorava per lui, dannazione. Doveva darsi una calmata e non fare il maniaco.

Certo, ricordarsi che si odiavano a vicenda era d'aiuto.

Indipendentemente da quanto gli venisse duro quando c'era lei, discutevano *sempre*. Wes non sapeva perché avessero cominciato a litigare, sapeva solo che continuavano a irritarsi a vicenda.

"Ehi, capo," disse Jillian con un sospiro. Guardò Wes e sollevò un sopracciglio. "O meglio, capi. Ho controllato il bagno del primo piano e si deve sventrare tutto. Non ho possibilità di salvare i tubi o altro." Sorrise a Everly. "Mi dispiace, tesoro. So che la situazione fa schifo, ma l'assicurazione coprirà sicuramente tutto. Il fatto è che in edifici vecchi come questo prima o poi si deve cambiare tutto comunque."

Everly scrollò le spalle prima di allontanarsi da Storm e abbracciare Jillian con un braccio solo. Wes sarebbe rimasto sconvolto dal fatto che le due donne fossero diventate amiche in così poco tempo, se non fosse stato per il fatto che Everly era una donna dolce e aperta che teneva molto ai suoi cari.

"Grazie per aver controllato," le disse Everly con un sorriso. "Ti abbraccerei più a lungo, ma dato che stavi controllando i gabinetti..."

Jillian sbatté le ciglia. "Eccomi. Gabinetti e ingorghi. Per questo gli uomini mi danno la caccia."

Storm rise dal naso e tirò gentilmente Everly verso di sé. "Mi sembra giusto. Se solo sapessero cos'hai adesso sugli stivali."

Wes strinse gli occhi e guardò gli stivali da lavoro di Jillian. "Che *cosa* mi stai trascinando per il cantiere con quegli stivali?" Trattenne una smorfia al tono brusco che gli uscì. Non voleva mai sembrare uno stronzo, ma Jillian tirava fuori il peggio di lui.

Storm sospirò e Everly mormorò qualcosa di inudibile. Jillian, invece, si limitò ad alzare un sopracciglio e rise.

"Non preoccuparti, *Wesley*, avevo le soprascarpe. Non oserei mai sporcare i tuoi preziosi pavimenti."

Con la coda dell'occhio, Wes vide Storm allontanare Everly verso la parte posteriore dell'edificio. Il fratello probabilmente non poteva più di trovarsi in mezzo ai battibecchi di Jillian e Wes. Francamente, anche lo stesso Wes ne era stanco, ma c'era qualcosa in Jillian che lo innervosiva e lo faceva sbottare come un ragazzino

"Non è quello che volevo dire e lo sai."

"Come ti pare." Lo liquidò. "Faccio solo il mio lavoro. Mi paghi per questo, no? Comunque devo andare dagli Anderson a fare l'ultimo controllo sulla mia parte dei lavori, così puoi concludere. Hai bisogno di me per altro, qui?" Sembrava così professionale ma, sotto quelle parole, Wes poteva sentire il tono infastidito.

"Ci sono dei tubi che avrebbero bisogno di un'occhiata, se mi capisci," mormorò uno dei ragazzi che lavorava alla demolizione mentre passava.

Jillian si immobilizzò per un attimo, impallidì e serrò la mascella mentre delle macchie rosse le coprivano le guance, anche se Wes non sapeva dire se per la rabbia o l'imbarazzo.

A ogni modo, era furioso.

Jillian lo prese per un braccio mentre Wes si stava girando per urlare qualcosa all'operaio. "Non farlo. Non ne vale la pena," sussurrò sottovoce. "Lascia stare."

Wes strinse gli occhi. "Non è la prima volta che lo dice, vero?"

Jillian alzò il mento. "Non importa. Lascia stare," ripeté.

"Scusami, non posso." Si allontanò da lei, infastidito dal fatto che quel tocco gli aveva lasciato una scia calda sulla pelle. Andò da Jeff e gli batté sulla spalla. L'operaio sembrò sorpreso per un attimo, poi si accigliò.

Jeff si voltò e aggrottò la fronte prima di mettere

giù gli attrezzi. Aveva all'incirca l'età di Wes, ma sembrava molto più vecchio dato che beveva e si dava alla pazza gioia quando non lavorava. Sogghignò guardando Jillian, ma poi ci ripensò e si voltò di nuovo verso Wes. Erano abbastanza lontani perché nessuno li sentisse, ma Wes aveva la sensazione che, se l'altro iniziava a urlare, non si sarebbero potuti nascondere.

"Che c'è?"

"Primo, scusati per quel commento sessista e orribile. Potresti farci denunciare tutti per molestie, sei uno stronzo. Secondo, riprendi i tuoi attrezzi e vattene. Sei licenziato."

"Mi prendi per il culo, vero? Per quella stronza? Lavoro in questa ditta da anni. Diamine, è stato tuo padre ad assumermi. Non hai nessun diritto."

Wes strinse la mano sul tablet ed espirò per non colpire Jeff. "Ho tutto il diritto. Non puoi trattare *nessuno* in quel modo. Mi hai sentito?"

"Al diavolo. E vaffanculo. Deve essere bello scoparsela quando non te ne stai sul tuo piedistallo."

Uscì di corsa e Wes rimase dov'era, col petto che si alzava e abbassava. Era impossibile che gli altri non avessero sentito, anche se aveva cercato di mantenere la conversazione privata. Ma non avrebbe mai e poi mai lasciato che quell'uomo lavorasse per la Montgomery Inc. se avesse trattato in quel modo una collega *o qualsiasi* donna, diamine. .

Wes girò l'angolo e gli altri tornarono presto al lavoro, fingendo di non aver sentito niente. Storm ed Everly non si vedevano, ma Wes sapeva che lo sarebbero venuti a sapere presto.

Jillian, tuttavia, era rimasta esattamente dov'era, con le braccia incrociate sul petto e il viso rosso.

"Jillian..."

"Grazie, credo. Ma da adesso in poi me la cavo da sola."

Wes strinse i denti, la rabbia evidente nelle parole. "No. Questa è la *mia* ditta, la ditta della mia *famiglia*. Nessuno può trattarti così. Né te né chiunque altro. Se hai problemi con il modo in cui mando avanti la baracca, puoi andartene al diavolo anche tu." Non intendeva sul serio, ma il fatto che qualcuno le avesse parlato in quel modo lo faceva infuriare. Evidentemente, non era nemmeno la prima volta.

Jillian alzò di nuovo il mento e allargò le narici. "Come ti pare, Wesley." Con quelle parole, riprese gli attrezzie uscì dall'edificio, lasciandolo lì come un idiota.

"Non mi chiamo Wesley, dannazione," ringhiò

lui, sapendo che nessuno lo stava ascoltando. O, per lo meno, era quello che credeva.

"Ma chiedile di uscire e non rompere," borbottò Decker, mentre gli passava accanto. "Sul serio."

"Ha ragione, sai," cantilenò Meghan. Evidentemente, i due non avevano sentito cos'era successo con Jeff, altrimenti sarebbero stati di un altro parere.

"Chiudete il becco," ringhiò Wes e girò i tacchi. Aveva da fare e nei programmi non era incluso ringhiare per una donna che non voleva desiderare.

Non sapeva cosa gli avrebbe riservato il futuro, ma aveva una certezza: Jillian Reid non era per lui. Mai.

Capitolo due

Jillian Reid mise l'ultimo piatto in lavastoviglie e chiuse lo sportello. Aveva già aggiunto il sapone, per cui bastava premere un paio di bottoni e il padre avrebbe avuto abbastanza piatti puliti per tutta la settimana. Non che importasse, dato che lei sarebbe passata il giorno dopo e quello dopo ancora per assicurarsi che fosse tutto pulito e ci fosse da mangiare. Forse il padre stava cominciando ad avercela con lei perché lo aiutava in casa, ma avrebbe dovuto arrendersi, perché Jillian non lo avrebbe mai lasciato senza tutto l'occorrente.

Strinse le mani sul mobile di fronte a lei e sospirò, cercando di calmare la rabbia ansiosa che sembrava essere l'emozione prevalente degli ultimi giorni. Un tempo, sorrideva sempre, usava il sarcasmo quando voleva ma non se la passava male. Aveva avuto una relazione altalenante con Storm e le era piaciuta. Si erano appoggiati l'uno all'altra ed erano ancora amici. La differenza era che non andavano più a letto insieme quando volevano. Jillian aveva sempre saputo che si erano usati a vicenda come appiglio, ma all'epoca non le era importato.

Aveva altro, oltre a Storm, ovviamente. Aveva la squadra di softball e i ragazzi con cui giocava a biliardo nel suo bar preferito. Aveva anche le amiche conosciute tramite Storm, dato che i Montgomery tendevano ad accogliere nuove persone e non lasciarle più andare.

Recentemente Jillian si era guardata indietro e non le piaceva chi era diventata. Aveva usato gli amici, in particolare Storm, come sostegno, come uno scudo per non vivere la propria vita e trovare pace.

Indipendentemente da quanti amici quasi stretti avesse o da quante volte fosse stata a letto con Storm, era sola. Per cui, quando aveva spinto Storm fra le braccia impazienti di Everly, Jillian aveva pensato che sarebbe finalmente riuscita a rimettersi in sesto e vivere felice e contenta. Evidentemente, era più romantica di quanto pensasse.

Ma da quando il padre era caduto e tutto le si era

sgretolato intorno, non era riuscita a riprendere fiato. Aveva avuto tanta paura di perdere il padre che era crollata davanti ai colleghi.

Incluso Wes.

Dannazione. Se fosse successo davanti a chiunque altro, Jillian avrebbe potuto passarci sopra ma, dato che la vita non funzionava mai come voleva lei, *ovviamente* era stato lui a vederla.

"Gelatina?"

Jillian sobbalzò alla voce del padre, asciugò rapidamente il ripiano e appese lo straccio; poi uscì dalla cucina e andò in sala da pranzo. Con un po' di fortuna, il padre non avrebbe notato le guance rosse; in caso contrario, avrebbe pensato che la figlia lavorava troppo.

"Ciao, papà." Si chinò e gli baciò la guancia prima di scostarsi e sorridergli.

Il padre strinse gli occhi, espressione che lei aveva iniziato a imitare fin da piccola, e scosse la testa. "Cosa c'è, Gelatina?"

"Niente." Jillian si voltò e prese la coperta dal divano, pronta a rimboccargliela in grembo.

Lui la guardò male prima di strapparle la coperta, con le mani che gli tremavano tanto che finì col gettarsela sulle gambe.

Jillian deglutì rumorosamente, ma diede meglio

di sé per non mostrare emozioni. Il padre era l'unica persona che le era rimasta al mondo e vederlo tanto fragile le faceva venire voglia di mettersi in ginocchio e implorare Dio per ogni promessa che poteva concederle. Jillian non andava in chiesa e, onestamente, non era sicura nemmeno di quale religione preferisse, ma avrebbe cominciato a rifletterci se ciò avrebbe significato avere più tempo con il padre.

Più tempo per respirare. Più tempo per imparare. Più tempo per *vivere*.

Ma il Parkinson non ascoltava speranze e preghiere. Per lo meno, non nel caso di Jillian.

"Non mentirmi, signorina." Nonostante il corpo del padre si stesse deteriorando più velocemente di quanto potessero immaginare, la voce era ancora dura, quando voleva. "È meglio che non ti preoccupi per me. Me la cavo."

Jillian gli rivolse un sorriso che non raggiungeva gli occhi, poi sospirò e si sedette sul bordo del tavolino.

"Lo so. Mi sento solo un po' giù."

"Problemi di uomini?" Il padre strinse gli occhi. "Devo andare a prendere qualcuno a calci? Beh, Storm è grosso ma posso farcela. Forse."

Jillian non poté fare a meno di ridere al pensiero del padre e di Storm che facevano a botte.

Avrebbero probabilmente finito con alzare entrambi gli occhi al cielo e andarsi a prendere una birra.

Il padre di Jillian scosse la testa con un sorriso. "Non sono sicuro di come prendere quella risata, Gelatina."

"Non si tratta di Storm, te lo giuro. È felice con Everly e a me lei *piace*. In più, beh, non amo Storm quanto lei, per cui non ho perso nessuna opportunità. Siamo ancora amici."

"Non capirò mai i giovani d'oggi. Andate a letto insieme e non vi impegnate."

Jillian rise dal naso. "Ok, papà, adesso sembri uno di ottant'anni, non quasi sessanta. E poi scusa, *so* che hai avuto delle storielle nel corso degli anni. Non sei stato un prete, signore."

Suo padre agitò una mano che tremava ancora. "*Non* parleremo di questo. Tu dovresti esserc una verginella innocente e io l'affettuoso papà che ha dato tutto per crescerti da solo."

Jillian divenne immediatamente seria. "*Hai* dato tutto e hai fatto un lavoro fantastico, se posso dirlo."

Jillian aveva tre anni quando i genitori avevano divorziato, per cui non ricordava molto la madre, anche se ogni tanto aveva dei sogni vaghi di finti sospiri e urla. La madre aveva deciso che la maternità non faceva per lei e se ne era andata senza guardarsi indietro.

Forse se la madre fosse rimasta single a passare da un interesse all'altro nel corso degli anni, Jillian non ci sarebbe rimasta così male, ma non era andata così. La madre aveva trovato il grande amore a Boca Raton, aveva organizzato un matrimonio in pompa magna a cui Jillian non era stata invitata e aveva avuto due figli biondissimi e molto chic, al momento adolescenti appassionati di tennis.

In un certo qual modo, Jillian si era svegliata in una pessima sitcom in cui recitava la parte dell'estranea che voleva l'amore di una madre. Le ci era voluto fin troppo per rendersi conto che non lo avrebbe ottenuto e che il padre era l'uomo migliore del mondo. Certo, lo conosceva da sempre e, mentre ne guardava in faccia la mortalità, Jillian non era sicura di riuscire a farcela se la situazione fosse peggiorata.

"Sto bene," le sussurrò il padre, che la risvegliò da quei pensieri. "Smettila di preoccuparti per me. Sono guarito e i lividi sul petto non ci sono più. Sì, cadere dalle scale ha esacerbato i miei sintomi, ma la considero una benedizione, perché prima di cadere ignoravo quello che mi stava succedendo. Pensavo fosse solo un mal di testa o la vecchiaia. Non mi ero reso conto di cosa stava accadendo."

Finché non era stato troppo tardi.

Ma nessuno dei due lo disse.

Prima che Jillian potesse pensare a cosa rispondere, le squillò il cellulare in cucina, e sospirò.

"Vai a rispondere. Non c'è bisogno che stai sempre con me." Le fece l'occhiolino e lei alzò gli occhi al cielo. Sì, voleva stare con lui tutto il tempo, ma chi gliene avrebbe fatta una colpa?

Le squillò di nuovo il cellulare e Jillian si alzò e andò in cucina. I due messaggi sullo schermo le fecero incrociare gli occhi e avrebbe voluto tanto ignorarli ma, dato che era lei quella nuova, non poteva. Soprattutto vista la scenata che quello stronzo e Wes avevano messo in piedi il giorno prima.

Avere a che fare con uomini e battute sconce ed estremamente sessiste riguardo a tubature e al prendere in mano lunghi tubi era parte del mestiere. Una parte che lei disprezzava e desiderava non ci fosse, ma non sarebbe scomparsa solo perché Wes aveva licenziato una persona. La Montgomery Inc. in realtà era l'azienda migliore per cui avesse lavorato, con molte donne in ogni ramo della ditta, ma lei era l'unico idraulico femmina. Per quanto fosse stato bello credere che tutto sarebbe migliorato, sapeva che non sarebbe stato così. Wes l'aveva messa al centro dell'attenzione: gli amici di Jeff convinti che sia Wes che *Jillian* fossero troppo sensibili probabilmente avrebbero cercato di farla sentire uno schifo.

Avrebbe preferito cavarsela da sola senza che il capo si immischiasse.

Il cellulare le squillò di nuovo e Jillian ringhiò.

Wes: *Puoi venire in libreria oggi pomeriggio? Siamo in anticipo su una parte del progetto e potrebbero servirci i tuoi occhi.*

Wes: *Non è un ordine, solo una richiesta.*

Storm: *Quello che Wes sta cercando di dire mentre lo tengo d'occhio è di passare sei hai tempo. Grazie.*

Il cellulare le squillò di nuovo.

Wes: *Vieni e basta.*

Jillian rispose rapidamente che sarebbe arrivata presto e che potevano smetterla con i messaggi; perciò si mise il telefono nella tasca posteriore.

"Devo andare in libreria," disse mentre svoltava l'angolo. Ingoiò le emozioni che le stringevano la gola quando vide il padre addormentato sulla poltrona. Gli si avvicinò e gli rimboccò le coperte, poi si assicurò che avesse il telefono vicino oltre a qualcosa da bere e da mangiare per quando si sarebbe svegliato. Di recente dormiva di più e Jillian odiava il fatto che avesse tanto bisogno di riposo.

Jillian si allontanò da lui, uscì di casa e andò al furgone. Era a solo venti minuti dal centro di Denver dove si trovavano la libreria di Everly, il negozio di tatuaggi dei Montgomery e alcune delle attività degli amici. Guidare in città le piaceva, dato che i sobborghi erano tutti tanto ben collegati che non era un tragitto lungo, o per lo meno non lo *sembrava*.

Per fortuna, trovò parcheggio dietro il negozio: non c'erano sempre molti posti, visto che gli edifici erano tanto vicini. Appena uscì dal furgone, Everly le si avvicinò uscendo dalla porta sul retro del negozio. Dato che era la titolare, aveva senso che l'altra donna fosse presente ma, per qualche motivo, Jillian non se lo aspettava. Credeva che, mentre procedevano con il progetto, Everly non sarebbe stata lì tutti i giorni, ma per il momento sembrava che volesse vedere tutto quello che poteva.

La libreria era rimasta molto danneggiata nell'incendio che aveva consumato quasi tutta la merce di Everly, la maggior parte dei ricordi e tutta la facciata. Per fortuna, l'ossatura era ancora in buone condizioni e nessuno dei negozi intorno era stato danneggiato, grazie agli sforzi e al duro lavoro dei pompieri di Denver. Per quanto i piromani avessero cercato di togliere così tanto a Everly, l'amica di Jillian non si era abbattuta e aveva intenzione di dare il meglio di sé per ricostruire e ricominciare da capo.

Everly aveva dimostrato di esserne capace più di una volta e Jillian non poteva fare a meno di rispettarla.

"Ehi, non sapevo ci saresti stata anche tu," le disse Everly con un sorriso.

"Potrei dire lo stesso di te." Jillian l'abbracciò forte prima di raggiungere il retro del furgone per prendere l'attrezzatura. "I bambini sono con te oggi?" Si guardò intorno in cerca delle meraviglie bionde di cui si era innamorata a prima vista, ma non li vedeva.

Everly scosse la testa. "Oggi sono con i nonni."

Jillian sgranò gli occhi, ma colse la tensione nelle spalle di Everly. I nonni dei gemelli erano gli ex suoceri di Everly e non erano proprio le persone più gentili al mondo. Jillian era sicura che, a un certo punto, la coppia avesse cercato di ottenere la custodia o qualche stupidaggine del genere.

"Davvero? Stai bene?" Le strinse la mano.

Everly sospirò. "Sì, sto bene. È la seconda volta che badano a loro senza me e Storm e sta andando tutto bene. Dopo l'incidente e tutto quello che è venuto fuori su Jackson, sono cambiati." Alzò le spalle. "Non so se mi sentirò mai a mio agio con loro, dato che sono stati orribili con me per tanto tempo, ma ci stiamo provando per i gemelli."

Jillian scosse la testa, poi le fece cenno di entrare con lei in libreria. "Per quei bambini, sono sicura che molti di noi farebbero di tutto, comunque, se hai bisogno di qualcuno con cui parlare dei suoceri e di tutta la merda che ti hanno buttato addosso, fammelo sapere." Era strano che Jillian glielo proponesse, dato che Everly era fidanzata con quello che era l'ex amico di letto di Jillian, ma lei cercava di non farci troppo caso.

Everly le rivolse un sorriso caloroso. "Mi farebbe piacere."

Storm le stava aspettando e allungò un braccio. Everly andò immediatamente da lui e Jillian dovette trattenere un sospiro. Erano assolutamente perfetti l'uno per l'altra e, per quanto le avesse fatto male allontanarsi dalla strana relazione che aveva avuto con Storm, Jillian non se ne pentiva.

Meritava anche lei un suo lieto fine e sapeva da tempo che non era con Storm che l'avrebbe avuto. Ma Storm ed Everly? Quella era felicità pura.

"Ehi, Jillian," le disse Storm, sollevando il mento. "Grazie di essere venuta, anche se non eri di turno oggi. Sembra che non abbiamo visto un ex bagno di servizio al primo piano. I vecchi proprietari non l'avevano messo nella cavolo di piantina e poi l'hanno murato."

Jillian sgranò gli occhi. "Mi prendi in giro." Guardò il cartongesso annerito, o almeno quello che ne era rimasto dopo l'incendio e le demolizioni del giorno precedente. "Com'è possibile?"

Storm scosse la testa e strinse la mascella. "Non lo so, ma sicuramente non era *né* nel piano urbanistico *né* a norma, da quello che possiamo vedere."

Everly fece una smorfia. "Ho ristrutturato un po' quando mi sono trasferita, ma onestamente è stata per lo più una decisione estetica, dato che prima che arrivassi io qui c'era un negozio di articoli da regalo. La pianta era già perfetta per quello che volevo e di cui avevo bisogno. Non avevo idea di avere un gabinetto e un lavandino nascosti dietro una parete." Rabbrividì e, onestamente, Jillian non gliene fece una colpa.

Essere un idraulico era un casino e non c'era un modo semplice per dirlo. Ormai Jillian aveva perso il conto dei giorni in cui finiva con il dovere usare uno dei *due* cambi che aveva sempre nel furgone per via di un imprevisto o di un altro. Per alcuni incarichi, indossava una tuta protettiva, ma anche in quei casi non poteva essere sicura.

Jillian trattenne un brivido. Aveva una certa immunità alla maggior parte dei problemi che trattava giornalmente (gabinetti intasati, vecchi tubi e il dover usare la fiamma ossidrica quando necessario) ma l'idea di un bagno segreto chiuso, senz'aria o ventilazione dopo un incendio di quella portata?

Beh, poteva dire con sicurezza di essere felice di non aver mangiato prima di andare al negozio.

"Fatemi strada," disse Jillian con un sorriso finto. "Vediamo con cosa devo giocare oggi."

"E con questo, vado a telefonare ai bambini," disse Everly con una risata . Jillian questa volta le rivolse un sorriso vero.

Jillian seguì Storm dall'altro lato del primo piano e si tenne pronta. Non era schizzinosa, ma tenuto conto che nessuno sapeva che c'era quel bagno e da quanto tempo era lì, Jillian sapeva che non sarebbe stato un bello spettacolo.

Per fortuna, la maggior parte degli operai erano impegnati altrove o in pausa. Jillian non era dell'umore per affrontare gli sguardi d'intesa di tizi a cui probabilmente Jeff piaceva più di lei. Diamine, sapeva già che probabilmente ci sarebbero state voci su di lei e Wes invece che solo su lei e Storm.

Per quale altro motivo un uomo avrebbe difeso una donna, a parte per il fatto che se la stava scopando? Non era possibile che si fosse solo comportato da capo e si fosse assicurato che gli impiegati non mettessero nei guai la Montgomery Inc. con una denuncia per molestie. Non che Jillian avrebbe denunciato qualcuno, dato che sapeva che alla fine avrebbe avuto solo altri problemi.

Strinse i denti e allontanò quei pensieri per concentrarsi sul lavoro. Era così ovunque lavorasse. Aveva avuto a che fare con degli stronzi che credevano ci volesse un pene per poter lavorare. Alla fine, avevano capito che se ne intendeva. Certo, non aveva mai cominciato con un bersaglio sulla schiena come era successo lì, dato che tutti sapevano che in passato era uscita con Storm, ma l'aveva superata e ci sarebbero riusciti anche gli altri.

Senza una parola, Storm indicò un angolo e Jillian sgranò gli occhi.

Sì, era *davvero* felice di non aver mangiato niente.

Jillian si tolse la maglietta accanto al furgone. Per fortuna, aveva pensato di mettere la solita canottiera sotto la maglia, come sempre, anche se non aveva pensato di lavorare quel giorno. Le serviva una doccia, ma il fatto che si era lavata le mani e la faccia fino a far diventare la pelle rossa e che stava mettendo una maglietta pulita aiutava almeno a rimediare al grosso del danno.

Quasi tutti gli operai erano andati via, dato che le ci era voluto molto di più del previsto. Ma diamine, era stato una gatta da pelare più grossa di quanto credesse lo stesso Storm. Jillian era pronta ad andare a casa, bersi una birra *dopo* la doccia e guardare una maratona di Harry Potter.

Non sembrava per niente una vita interessante.

Sospirò. Non le importava molto cosa pensassero gli altri. Aveva avuto una giornata pesante che non aveva pianificato, voleva solo rilassarsi come piaceva a lei..

Dopo aver gettato la maglietta sporca nella busta della spazzatura che aveva nel furgone, dato che sapeva che era insalvabile, si voltò ed emise uno strillo sommesso. Aveva sbattuto il piede contro il marciapiede e si era leggermente storta la caviglia. Allungò le mani pronta a una brutta caduta: tutto sembrò rallentare mentre Jillian cercava di non farsi male più del necessario.

Braccia forti la cinsero la vita e la tirarono su e Jillian si ritrovò con la schiena premuta con forza contro un petto *molto* duro. Il cuore cominciò a batterle velocemente dato che le sembrava ancora di cadere anche se non era così, e sospirò.

"Stai bene?"

Ovvio. Era *ovvio* che fosse lui. Non poteva essere stato qualcun altro a vedere il suo quasi incidente e quanto fosse impacciata. Doveva essere quel cazzo di Wes Montgomery.

Dov'era una crepa nel terreno che la ingoiasse e la portasse via da quella situazione quando gliene serviva una?

"Jillian?"

"Sto bene," borbottò. "Puoi togliermi le mani di dosso adesso."

Ma Wes non lo fece.

La fece voltare e la guardò negli occhi. "Sei sicura di stare bene?"

Jillian deglutì rumorosamente. Perché non si era accorta prima di quanto fossero luminosi gli occhi di Wes? O del modo in cui gli si dilatavano le pupille quando si concentrava su qualcosa... in quello specifico momento *lei*?

"Sto bene," ripeté. Era così. La caviglia le pulsava appena, ma non se l'era storta, le era capitato abbastanza volte da poterlo riconoscere. L'aveva appena rigirata nel suo modo zotico di camminare.

Wes non la lasciò andare.

"Davvero, Wes. Devi smetterla di cercare di trattarmi come una bambina o cosa diamine credi di fare. Non sono un'idiota. Posso cavarmela da sola. Perché...?"

Jillian non sapeva nemmeno cosa stava per chiedergli in quel momento, perché le si svuotò la mente appena Wes poggiò le labbra sulle sue. Gli occhi le si chiusero di loro spontanea volontà e Jillian si appoggiò a lui. Il che sembrò incoraggiarlo e Wes approfondì il bacio, le labbra morbide ma solide contro quelle di lei, la lingua che tracciava la fessura della bocca di Jillian. Lei la aprì per lui e aggrovigliò la lingua a quella di Wes con un gemito.

Il suono sembrò riportarli indietro da quell'impulso e si allontanarono come se fossero stati colpiti, entrambi con il fiato corto, il petto che si alzava e abbassava rapidamente.

"No. Non succederà." Jillian alzò le mani, nel tentativo di riprendere fiato. "No. Assolutamente."

Wes la guardò come se non l'avesse mai vista, gli occhi leggermente sgranati. "È stato... è stato un incidente."

Jillian non reagì nemmeno, troppo confusa perché era stata colpita da tutto il resto tutto insieme. "Va bene."

Girò i tacchi, felice di non essersi fatta male alla caviglia, salì sul furgone, avviò il motore e se ne andò.

"No," si ripeté. "Non succederà. Non mi farò un altro Montgomery e non mi incasinerò la vita. E sicuro come la morte non mi farò un *capo Montgomery*. No. No. No. No. No."

Se avesse continuato a ripeterselo, avrebbe anche potuto togliersi il dannato sapore di Wes Montgomery dalla bocca.

Capitolo tre

Wes era nei casini e lo sapeva. Era dannatamente fortunato per il fatto che la sera prima il gemito di Jillian avesse fatto tornare in sé entrambi perché, se così non fosse stato, avrebbero potuto pentirsene. Diamine, non era mai stato così incauto e idiota ed era tutto dire, visto che aveva avuto molti anni per comportarsi da stupido.

Che sarebbe successo se qualcuno fosse tornato al cantiere a prendere degli attrezzi che aveva dimenticato? Wes non solo avrebbe compromesso la reputazione di Jillian, ma anche la propria, per un bacio che non sarebbe dovuto succedere.

Sì, i dipendenti di Wes potevano frequentarsi. Diamine, tanti dei familiari erano membri della Montgomery Inc. ed era stupido mettere delle restrizioni riguardo alle relazioni, ma ciònon gli dava il diritto di strapazzare la ex di Storm nonché loro dipendente nel parcheggio.

Sarebbe sicuramente andato all'inferno.

"Sei un idiota," mormorò fra sé. Mandò giù quel che restava della prima tazza di caffè mentre era in cucina con indosso solo i boxer e cercava di svegliarsi. Più tardi ne avrebbe bevuto un altro o altri quattro, ma quella prima tazza gli serviva per aprire gli occhi prima di fare la doccia.

Quando sarebbe arrivato al cantiere, sarebbe stato lucido e pieno di brio e probabilmente avrebbe infastidito Storm e Decker, ma ormai ci erano abituati.

Sciacquò la tazza e la mise sotto la macchina del caffè, così avrebbe dovuto solo premere un bottone una volta uscito dalla doccia. Per un periodo aveva cercato di berlo *sotto* la doccia, ma era finito sempre con il caffè annacquato, aveva sbattuto qualche dito del piede o rotto la tazza, per cui si era costretto ad aspettare quei dieci minuti che gli servivano per lavarsi. Ne avrebbe bevuta un'altra tazza rasandosi.

Aggrottò la fronte e si passò una mano sulla barba corta, mentre pensava agli impegni del giorno. Non avrebbe dovuto incontrare futuri clienti, quindi rinunciò a rasarsi. Avrebbe preferito portare la barba più lunga, ma dato che Storm, Decker e Luc, (per non parlare di ogni altro maschio della famiglia) la portavano così, gli piaceva mostrarsi rasato nel caso ci fossero dei clienti esigenti che non vedevano oltre una barba ben tenuta.

Sospirò appena entrò nella doccia, con l'acqua calda che gli scorreva sui muscoli. La notte prima non aveva dormito bene, il pensiero di Jillian lo aveva tenuto sveglio fino a tardi. Wes non si era reso conto di quanto fosse teso finché il vapore non lo fece rilassare un po'. Con un sospiro, mise il sapone sulla spugna e si ripulì, con gli occhi ancora chiusi dato che non aveva in mano una tazza di caffè.

Sapeva di aver commesso un errore appena si afferrò l'uccello con la mano. Ogni tanto si masturbava nella doccia perché... perché no? Ma in quel momento se lo strinse in mano e pensò a Jillian.

Avrebbe dovuto fermarsi. Era sbagliato. Non sarebbe mai riuscito a guardarla in faccia se fosse venuto pensando a lei.

Ma non si fermò.

In quel momento, non sembrava nemmeno così sbagliato.

Lasciò cadere la spugna e usò altro sapone per far scivolare la mano su tutta la lunghezza dell'asta, con il respiro che gli diventava sempre più veloce mentre aumentava il ritmo. Poggiò una mano contro la parete, piegò la testa e continuò a masturbarsi pensando a Jillian in ginocchio davanti a lui, che lo prendeva in bocca e lo controllava al solo tocco.

Oh, Wes avrebbe potuto metterle le mani nei capelli e spingerle dentro e fuori dalla bocca, ma sarebbero stati quegli occhioni grandi a dire come sarebbe finita. Sarebbe stata Jillian ad assicurarsi che Wes le venisse in gola, mentre usava la lingua nel modo giusto per farlo venire con forza e troppo in fretta.

Poi Wes pensò a lei sdraiata di schiena con una mano fra le gambe e l'altra sul seno. Lui aveva dato il meglio di sé per non guardarle mai il petto, ma sapeva che forma aveva. L'avrebbe leccata e succhiata mentre le toccava le tette, le strizzava i capezzoli e le mormorava sulla passera.

Lei gli sarebbe venuta in faccia, urlando il suo nome e...

Wes aprì gli occhi di scatto mentre veniva con forza, col seme che scivolava sulla parete della doccia e il corpo che tremava.

"Beh, cazzo," mormorò e deglutì rumorosamente. Si lavò rapidamente i capelli, poi di nuovo il resto del corpo, nel tentativo di calmarsi da quanto era venuto con forza solo al pensiero a lei.

Per la seconda volta quella mattina pensò a quanto fosse nei guai. Proprio nei guai.

Alla terza tazza di caffè, questa volta in un termos, Wes arrivò al nuovo cantiere a circa quaranta minuti da casa. La maggior parte della famiglia viveva vicino alle periferie nord-occidentali o più vicino alla città, pochi di loro vivevano vicino ad Aurora, ma il nuovo incarico era vicino alle colline di Golden. La sorellina di Wes, Miranda, aveva vissuto in quella zona per un periodo, ma si era trasferita da Decker ed era più vicina ai genitori. In tutta onestà, però, per quanto Denver potesse essere una città enorme nell'ovest, non era raro andare da un capo all'altro più volte in un giorno.

Quel giorno avrebbero cominciato a lavorare sulla messa in sicurezza e ristrutturazione di un vecchio deposito che era stato il magazzino di una distilleria. Sarebbe diventato un piccolo centro commerciale per la comunità in crescita. Il proprietario dell'edificio aveva già affittato delle sezioni a un panificio, un fioraio e persino un antiquario, che si sarebbero accordati bene alle richieste della zona. C'erano altri due spazi vuoti e Wes sapeva che sarebbero stati gli ultimi su cui avrebbero lavorato, dato che il proprietario non li aveva ancora venduti: non aveva senso che Wes e la squadra lavorassero più che a una vetrina di base, se non sapevano che negozio sarebbe diventato.

Ad ogni modo, era un lavoro enorme, uno dei loro lavori commerciali più grandi, e Wes non vedeva l'ora di sporcarsi le mani.

Trovava sempre buffo che Storm fosse l'architetto della coppia, quello che stava più tempo in ufficio rispetto agli altri dato che gli serviva uno spazio di lavoro, e che tuttavia fosse proprio Storm a preferire jeans e camicie di flanella.

Wes preferiva normali camicie con pantaloni o jeans e tuttavia di solito doveva restare in canottiera quando lavorava in cantiere. Era sempre stato così e Wes non si faceva più domande. Ma sì, in quanto gemelli lui e Storm avevano le loro stranezze e a lui piaceva così.

Wes si mise una mano sul fianco e osservò il panorama. Erano sulle colline pedemontane, per cui erano leggermente in quota ma non molto, tenuto conto del fatto che Denver era già molto in alto rispetto al livello del mare. Non la chiamavano la "città alta un miglio" per niente. Le montagne, tuttavia, erano ancora lontane e riempivano gli occhi di Wes alle spalle del grande edificio su cui avrebbero dovuto lavorare.

Aggrottò la fronte e prese nota della vegetazione circostante: si ricordò che avrebbe dovuto controllare a chi appartenesse la terra e vedere se si stessero occupando della boscaglia. Sembrava che una sola scintilla sarebbe bastata a incendiare tutto. La famiglia di Wes aveva superato abbastanza incendi, grazie mille, ed era sempre una buona idea ripulire tutto quello che avrebbe potuto facilmente prendere fuoco.

Di recente, a meno di un'ora a sud vicino a Colorado Springs, dove vivevano alcuni dei cugini, c'erano stati tre grandi incendi che si erano portati via case, vite e territorio. Alcuni erano stati dovuti a dei fulmini durante la stagione degli incendi, un altro perché un piromane voleva vedere la terra bruciare.

Arrivò un altro furgone e Wes vide Jillian parcheggiare accanto a lui. Wes era arrivato per primo dato che gli piaceva arrivare in cantiere in anticipo il primo giorno, ma non si aspettava di restare solo con Jillian tanto presto.

Deglutì rumorosamente. Non voleva parlare del bacio. Non intendeva *assolutamente* raccontarle della doccia di quella mattina e *certamente* non avrebbe parlato del bacio.

Per cui, ovviamente, quando lei si avvicinò, le

prime parole che gli uscirono di bocca invece di *ciao* furono: "Non parlerò del bacio."

Wes era un cavolo di idiota.

Jillian sollevò un sopracciglio. "Oh, bene. Quindi parliamo del bacio?" gli chiese ironica.

"Che bacio?" quasi urlò Wes.

La bocca di Jillian si contrasse e Wes odiò come finì per guardarle le labbra. "Sei un idiota."

Sì, lo era.

"Allora... nuovo cantiere?"

Jillian scosse la testa e si fermò accanto a lui. "Sì, nuovo cantiere." Lo guardò da sopra la spalla e Wes fece lo stesso, grato del fatto che fossero gli unici due sul posto. "Ok, allora... ieri non è successo niente. È stato un errore e probabilmente solo adrenalina, dato che litighiamo tanto e che ero quasi caduta... Non ne parleremo più e non lasceremo che la faccenda influenzi il lavoro." Jillian lo guardò e Wes notò lo sguardo determinato di lei, di cui fu grato. "Non *può* avere conseguenze sul mio posto in azienda."

Wes annuì. "Non succederà." Avrebbe fatto l'impossibile per assicurarsi che non accadesse.

"Fa' in modo che sia così. Sarà già abbastanza difficile guadagnarmi il rispetto di tutti, perché sanno che uscivo con Storm e per come hai licenziato Jeff. Non possiamo aggiungere altri drammi."

Wes strinse gli occhi. "Drammi?" Sarebbe stato meglio che non ci fossero dei dannati drammi che avrebbero reso difficile lavorare in azienda.

Jillian agitò una mano. "Niente che non possa gestire. Fa parte del mestiere, nel mio caso. Fa schifo, ma questa è la realtà."

"Non dovrebbe," ringhiò Wes.

Jillian scosse la testa. "La Montgomery Inc. è molto meglio degli altri posti in cui ho lavorato. Credimi. Hai un bel numero di donne nello staff e alla gestione non interessa del genere di una persona quando si presenta per un lavoro. Cioè, quando mi hai assunta non ti interessava che fossi una donna. Ti importava che uscissi con Storm, ma quella è un'altra storia."

Quello che era importato a Wes era stato pensare che Jillian tenesse Storm per le palle, ma si era sbagliato. Aveva giudicato male molti aspetti di Jillian. Wes aveva davvero creduto che Storm soffrisse per lei quando Jillian lo aveva allontanato, ma in realtà si erano aggrappati l'uno all'altra quando avevano avuto bisogno di qualcuno. Almeno stando a Storm. Ciò aveva aiutato Wes nell'atteggiamento verso Jillian di recente, ma ancora non voleva arrivare a quella determinata conversazione con lei, né in quel momento né mai.

"Se ci fossero problemi, però, dillo a Storm o a me. Oppure a Decker. Si occuperà lui della libreria mentre io lavoro a questo progetto, dato che stiamo seguendo due grossi clienti contemporaneamente. Storm girerà per i cantieri come sempre. Oh, e ci sarà anche Meghan, per cui se hai bisogno di parlare con qualcuno e non ti senti a tuo agio a rivolgerti a un uomo, parla con lei."

"Non ho bisogno di qualcuno che mi risolva i problemi." Jillian si accigliò e scosse la testa.

"Non credo che tu non ci riesca da sola. Diamine, Jilli, credo che tu possa affrontare praticamente tutto, ma non dovresti. È l'azienda della mia famiglia. Se qualcuno fa il coglione sessista, dobbiamo saperlo." La guardò negli occhi e si assicurò che capisse. Non era certo che lei sarebbe andata da qualcuno di loro, per cui avrebbe dovuto controllare. Era quello il compito di Wes: teneva d'occhio la squadra, e Jillian ne faceva parte. A pensarci bene, avrebbe incaricato anche Tabby. In quanto assistente amministrativa e cervello dell'operazione, come diceva per scherzo il padre, spesso lei era più al corrente di lui di quello che succedeva in cantiere. Wes non era sicuro di come ci riuscisse, ma Tabby era dannatamente brava nel suo lavoro e nel *sapere* tutto.

"A posto?" chiese Wes, quando Jillian rimase in silenzio.

Jillian sospirò. "Certo. Ora che ne dici di cominciare?"

Luc, il marito di Meghan e capo-elettricista, parcheggiò proprio in quel momento e Wes annuì. "Cominciamo."

In un modo o nell'altro, avrebbe smesso di pensare a quello che era successo tra loro. Per sempre.

Avevano quasi finito con il primo giorno di demolizione e Wes era sicuro che nemmeno un lungo bagno caldo avrebbe potuto rilassargli i muscoli. Non era più tanto giovane e il corpo glielo stava ricordando.

Il progetto era tanto grande che persino con quasi tutta la squadra al lavoro in quel cantiere per quel giorno, ci sarebbero voluti almeno altri quattro giorni di demolizione prima di essere anche solo lontanamente pronti per il passo successivo. Ma solo se avesse avuto tutta la squadra. Dato che qualcuno sarebbe dovuto tornare alla libreria o a uno degli altri progetti, ci sarebbe voluto più di una settimana.

Per fortuna, Wes ne aveva tenuto conto, ma avrebbe preferito metterci meno tempo.

Stava per andare a controllare l'altro lato dell'edificio quando Storm gli si avvicinò. Wes strinse gli occhi verso il gemello.

"Perché sei ancora qui?" gli chiese, mentre calcolava quanto tempo Storm avesse passato in piedi. La risposta non gli piacque.

Storm alzò le mani e rise dal naso. "Ok, capo, smettila di farmi il terzo grado. Sono stato seduto per quasi tutto il giorno, lo giuro. E poi non ci sono stato quasi tutto il pomeriggio, dato che avevo una riunione con un potenziale cliente. Non ho intenzione di strafare e fottermi a schiena più di quanto non lo sia già."

Wes fece per passarsi una mano sul viso, si rese conto che aveva ancora i guanti e ci ripensò. Invece si chinò, prese la bottiglia d'acqua e se ne scolò un terzo prima di parlare.

"Buono a sapersi. Potenziale cliente? Non siamo già abbastanza impegnati?"

Storm annuì. "Sì, e gliel'ho detto, ma mi hanno risposto che avrebbero aspettato, dato che vogliono i migliori."

Wes non poté fare a meno di sorridere. "Sì? Ottimo. Ma sai, se non vogliono aspettare possiamo mandarli dai Gallagher." Uno dei mariti di Maya, Jake, aveva una ditta di ristrutturazioni e costruzioni con i tre fratelli e cresceva sempre di più. Quando una delle due aziende non poteva prendere un cliente, lo mandava all'altra.

Storm scosse la testa. "Hanno detto che volevano noi e avrebbero aspettato, ma gliel'ho proposto."

Wes annuì. "Va bene. Mi mandi gli appunti?"

"Già fatto. Tabby ha già inserito tutto. Possiamo rivederli più tardi, dato che quasi ora di chiudere e tu hai l'aria di uno a cui serve una birra."

"E una doccia," aggiunse Wes. Ovviamente, solo dire la parola *doccia* gli riportò alla mente Jillian e Wes dovette trattenersi dall'imprecare.

"Una doccia sembra una buona idea," disse Storm proprio mentre gli squillava il cellulare. Guardò lo schermo e sorrise. Dopo aver rivolto un cenno a Wes, rispose e si allontanò. "Ehi, Ev. Stavo proprio pensando a te."

Seriamente, ogni singolo Montgomery in quel momento era tanto innamorato che faceva un po' paura. Tranne Wes, ovviamente. Era stato innamorato una volta, e non aveva funzionato. Anche se era uscito con altre donne, non aveva trovato nessuna con cui avere una relazione seria. Dato che era l'ultimo Montgomery single di Denver, doveva cominciare a cercare.

"Wes?" lo chiamò Jillian dal piano di sotto.

Wes aggrottò la fronte e guardò Jillian dalla ringhiera. "Sì?"

"Puoi scendere un attimo? Credo di aver trovato qualcosa."

Confuso, scese le scale, grato del fatto che fossero ancora integre, come l'ascensore di servizio dall'altro lato dell'edificio. Stranamente, erano rimaste in buono stato anche se l'edificio era rimasto vuoto per anni.

"Cosa c'è?" le chiese Wes mentre la raggiungeva. Erano in uno scantinato che aveva visto giorni migliori, ma Jillian stava togliendo dei vecchi scaldabagni inutili che avrebbero dovuto essere sostituiti in una zona diversa della piantina.

Jillian era inginocchiata accanto a una grossa cassetta di sicurezza che sembrava ammaccata da un lato ed era coperta da uno strato di polvere tanto spesso che Wes si sentì quasi lacrimare gli occhi. Diamine, sentiva persino chiudersi le narici.

"L'ho trovata nella parete dietro uno degli scaldabagni, non ho idea di cosa sia."

Wes si inginocchiò accanto a lei e aggrottò la

fronte. "Strano. Dall'aspetto, deve essere qui da un pezzo."

"Lo penso anch'io. È chiusa e sembra che qualcuno abbia cercato di scassinarla." Indicò i cardini sul lato con la mano guantata. "Lo scaldabagno bloccava la parte di muro dove qualcuno l'aveva nascosta, probabilmente con del cartongesso schifoso. Si è sgretolato appena sono andata lì e non ci ho nemmeno messo le mani. Per fortuna non è un muro portante."

Wes si immobilizzò al pensiero di quanto la situazione avrebbe potuto essere pericolosa e sospirò. "Beh, cavolo. Farò venire l'ingegnere a controllare il muro, non si sa mai." Wes aveva una laurea in ingegneria meccanica, ma aveva in squadra un altro ingegnere perché sapeva che non era una mossa intelligente pensare a tutto da solo quando si trattava di sicurezza.

"Dove la mettiamo, la cassetta?"

"Direi di portarla in ufficio. Nel furgone ho altri oggetti che abbiamo trovato durante la giornata da dare al nuovo proprietario."

"Non lo so, Wes, per quanto è vecchia, sembra che fosse già qui quando lui ha comprato l'edificio." Jillian si morse il labbro e si concentrò sulla cassetta fra loro. Wes alzò le spalle.

"Non so se ha comprato tutto l'edificio insieme al contenuto o se c'erano disposizioni per gli oggetti smarriti o roba del genere. A ogni modo, questa non sembra da buttare, per cui la metteremo nella stanza sul retro dell'ufficio insieme al resto. Abbiamo avuto altri casi simili."

Jillian annuì e si alzò con un lamento mentre si strofinava la schiena. "Ti aiuto a portarla di sopra perché è dannatamente pesante e poi vado a casa a riposare per tutto il tempo possibile." Gli sorrise quando glielo disse e Wes non poté fare a meno di sorridere a sua volta. "Però mi piace quando buttiamo giù qualche parete."

"Sì, buttare giù tutto è divertente, anche se mi fa sentire un vecchio."

Jillian ridacchiò. "Ti capisco. Pronto?"

Wes annuì e insieme sollevarono la pesante cassetta su per le scale e la portarono al furgone. Wes forse ci sarebbe anche riuscito da solo ma, dato che era stata una lunga giornata, era felice che qualcuno gli desse una mano. Jillian lo salutò quando lui chiuse il cassone del furgone e vi si appoggiò, mentre ruotava il collo per potersi stiracchiare prima di tornare dentro.

Come sempre all'inizio di un nuovo progetto, era stato il primo ad arrivare e sarebbe stato l'ultimo ad andare a casa. Era l'eredità di famiglia, e anche la sua personale. Ci avrebbe messo il timbro dei Montgomery e poi se ne sarebbe andato, pronto a cominciare da capo. Era il suo lavoro, quello che amava e, nel frattempo, *non* avrebbe pensato a Jillian.

A ogni costo.

Capitolo quattro

"Perché diamine l'hai tenuta?" chiese Jillian con una risata. Era seduta sul pavimento vicino a una grossa scatola di cartone e ne estrasse la vecchia uniforme della Little League. "Cioè.. almeno l'hai lavata?" Fece una smorfia all'odore e non poté fare a meno di sciogliersi quando il padre rise.

"Gli altri genitori parlavano di tenere le loro come ricordo alla fine della stagione e, dato che loro le conservavano, ho pensato di tenerla anche io. Non volevo perdermi niente."

Quello era solo uno dei motivi per cui voleva bene al padre più di quanto si potesse esprimere a parole. Erano stati solo loro due per tanto tempo, Jillian sapeva che il padre aveva fatto tutto il possibile per assicurarsi che lei non si sentisse mai come se fossero *solo* loro due. Lui era stato tutto quello di cui la figlia aveva avuto bisogno e lo aveva dimostrato più volte.

"Però sono sicura che gli altri le hanno prima lavate e poi messe sottovuoto o roba del genere." Jillian fece una pausa. "Però è bello che tu l'abbia conservata." Ripiegò l'uniforme e si mise a vedere che altro aveva conservato il padre negli anni. C'erano bigliettini di buon compleanno, foto che non erano rientrate in qualche album, pagelle e persino la coperta che Jillian si era portata dietro per anni. L'aveva aiutata a dormire quando era triste per colpa della madre o se aveva avuto un incubo. Il padre era stato di turno al lavoro molte notti e non era riuscito a passare al turno di giorno finché Jillian non aveva avuto all'incirca otto anni. Non era stato male, dato che lei poteva vederlo il pomeriggio dopo la scuola. Il padre dormiva mentre lei era a lezione e poi passavano il pomeriggio insieme. Jillian non aveva idea di come lui fosse riuscito a condurre quella vita quando lei era più piccola, ma ne era grata.

"Hai l'aria triste. A cosa pensi?"

"Pensavo a quanto hai lavorato sodo in fabbrica

per me. E pensavo a te." Alzò le spalle e ingoiò il groppo che aveva in gola. "So che non è stato facile, ma non ti ho mai sentito lamentarti."

Il padre aggrottò la fronte. "Perché avrei dovuto lamentarmi? Avevo un lavoro con dei bonus e una bambina a cui piaceva guardarmi lavorare e che amava vivere la vita appieno. Avevo tutto quello di cui avevo bisogno."

Senza dire niente, Jillian si alzò, andò dal padre e l'abbracciò. "Ti voglio bene, papà."

"Oh, Gelatina, ti voglio bene anche io." Le diede una pacca sulla schiena con la mano tremante e Jillian trattenne le lacrime. Il padre era sempre stato forte e saldo, ma la malattia progrediva e si portava via un pezzo di lui ogni giorno . Le faceva venire voglia di urlare contro il cielo e chiedere perché. Di tutta la gente al mondo, perché doveva succedere all'unica persona che le era rimasta, l'unica persona che meritava *davvero* solo pace e felicità?

Jillian gli baciò la testa e trattenne le emozioni in modo che lui non le vedesse e si preoccupasse, poi si allontanò. "Fammi finire con questa scatola, poi vado dai miei amici."

"Da Storm?" le chiese il padre, con un'espressione neutra. Jillian sapeva che al padre Storm piaceva, ma ancora non sapeva se fosse triste perché col ragazzo non aveva funzionato oppure se fosse grato che almeno Storm si stesse rifacendo una vita.

Jillian sorrise e scosse la testa. "No, a dir la verità vado da Meghan."

"La sorella di Storm," disse secco suo padre.

A quel punto, Jillian alzò gli occhi al cielo e tornò alla scatola. "Sì, è mia amica e lavoriamo insieme." Beh, tecnicamente Meghan era il capo, dato che era una Montgomery, . Ogni Montgomery che lavorava in azienda ne possedeva una parte, anche se Wes e Storm erano i veri e propri capi. Meghan, comunque, si occupava del ramo paesaggistico e lei e Jillian non lavoravano a stretto contatto. Jillian restava un po' confusa, ma tutto funzionava, se si pensava a come andava bene l'azienda.

"Sono felice che tu vada con i tuoi amici. Devi uscire più spesso."

Jillian rise dal naso e tornò a sistemare. "Come vuoi. Io esco."

"Bere una birra al bar prima di tornare a casa a rilassarti non conta davvero, signorina."

"Come ho già detto, parli proprio tu. Stasera potrebbe esserci del vino, in realtà. Dato che Meghan mi insegnerà a lavorare a maglia, abbiamo pensato di aggiungere del vino e passare la serata così."

Quando il padre smise di ridere, Jillian lo guardò male. "Che c'è di male nel lavorare a maglia?"

"Niente, Gelatina, ma tu? Che lavori a maglia? Questa devo proprio vederla. Sei brava con le mani e hai pazienza con le tubature, ma tutto qui."

Se non fosse stato il padre, gli avrebbe mostrato il dito medio. Nonostante Jillian fosse adulta, lui la minacciava ancora con le sculacciate per gesti del genere, non che gliele avesse mai date quando era bambina.

"Solo per questo, troverò la lana più brutta possibile per la tua sciarpa."

Al padre si illuminarono gli occhi e Jillian non poté fare a meno di sorridere. "Mi vuoi cucire una sciarpa? Beh, mi piace il fatto di essere il tuo primo progetto. Forse la userò un po' e la aggiungerò alla scatola con la tua uniforme."

Il sorriso di Jillian andava da un orecchio all'altro. "Ti voglio bene," ripeté, con il bisogno di assicurarsi che lui lo sentisse spesso e che sapesse che era vero. Non erano mai stati bravi a dirsi quelle parole quando lei era più piccola: col cavolo che Jillian avrebbe permesso che continuassero in quel modo. Non se... no, non voleva pensarci. Il padre vedeva fin troppo e lei non gli avrebbe fatto passare una tortura del genere.

Una volta che il padre tornò al pisolino pomeridiano e lei aveva ripulito tutto quello che avevano messo in disordine durante il pomeriggio, Jillian si sentiva un po' confusa riguardo alle proprie emozioni. Beh, a dir la verità si sentiva così da qualche mese, persino da prima che il padre cadesse dalla scala e cambiasse tutto. Jillian era in cerca di cambiamenti, di un nuovo scopo: non aveva pensato che avrebbe dovuto scendere a patti con la malattia del padre.

Stava facendo tardi, per cui si fermò velocemente a casa, prese le due bottiglie di vino che aveva comprato in precedenza per la serata e indossò dei vestiti più carini ma comunque comodi. Per quanto sapesse che a Meghan e Adrienne (la cugina di Meghan e altra allieva di uncinetto per il momento) non importasse cosa lei indossasse, a Jillian faceva piacere mettersi indumenti diversi da una t-shirt piena di buchi e dei jeans quando si vedeva con qualcuno.

Meghan e Luc vivevano a circa dieci minuti da casa sua, se beccava tutti semafori verdi. Per fortuna, quella sera ci riuscì. Le era stato detto che quella era la casa in cui Luc abitava prima di sposare Meghan e che la stavano lentamente rimodernando per accogliere la loro famiglia in crescita. Meghan aveva avuto due figli dal primo marito e uno da Luc. I due figli maggiori vivevano con loro in modo permanente, dato che l'ex di Meghan era in prigione per molti motivi, incluso un tentato omicidio.

Jillian conosceva Meghan all'incirca da quando era sposata con Richard, ma erano entrate in confidenza solo di recente. Infatti, quando stava con Storm, Jillian aveva dato il meglio di sé per non farsi conoscere dalla maggior parte dei Montgomery, a parte salutarli di tanto in tanto. Lei e Storm avevano saputo entrambi che la relazione avrebbe funzionato meglio se ci fossero stati soltanto loro due, senza un futuro già programmato. Integrarla nella famiglia quando non stavano propriamente insieme avrebbe solo reso la situazione più confusa.

Ma dato che Storm ed Everly erano fidanzati, Jillian stava facendo amicizia con molti di loro per conto proprio mentre ci lavorava, e non per una relazione con Storm. Come avevano detto anche altri, una volta catturati dai Montgomery, era difficile andarsene.

Jillian parcheggiò davanti casa di Meghan, dietro l'auto di Adrienne. Odiava essere l'ultima ad arrivare, ma aveva perso la cognizione del tempo. Per lei, arrivare puntuale era come arrivare in ritardo e doveva solo arrivare in anticipo. Tenuto conto del fatto che Adrienne abitava a circa un'ora da lì, a Colorado Springs, Jillian odiava *davvero* l'idea di aver fatto tardi.

Prese il vino e il kit da cucito dal furgone, saltò giù e percorse il vialetto. Non dovette nemmeno bussare prima che Adrienne le aprisse e le facesse cenno di entrare.

"Ehi, Jillian. Meghan è sul retro con Emma, la sta mettendo a nanna." L'altra si fece da parte, così Jillian poté entrare, e le sorrise.

Adrienne somigliava molto a Maya, quella con i capelli più scuri tra le tre Montgomery di Denver. I capelli castani di Adrienne le ricadevano lungo le spalle e la schiena e aveva quella frangia che le scendeva sui lati che a Jillian non era mai stata bene. L'altra aveva le braccia tatuate per metà e Jillian sapeva che c'erano altri tatuaggi. Aveva senso, tenuto conto del fatto che era una tatuatrice come Maya e Austin. Aveva anche un anellino al naso e Jillian era abbastanza sicura di aver visto anche un piercing sulla lingua. Se si aggiungevano le curve e il corpo da pin-up... Adrienne Montgomery era bellissima.

Jillian era più che felice di aver messo una maglietta morbida invece di quella macchiata e bucherellata che aveva indosso in precedenza. Era difficile non sentirsi sciatti vicino a un Montgomery, persino quando quelli indossavano abiti casual.

"Ehi, come stai?" le chiese Jillian con un abbraccio, mentre si toglieva dalla testa quegli strani pensieri. Era inutile rimuginarci dato che nessuna delle donne della famiglia, di sangue o sposate, l'avrebbero mai fatta sentire così di proposito.

"Bene. Stanca, ma è come al solito." Adrienne tatuava a ore e non aveva un negozio come Austin e Maya. Jillian non sapeva perché Adrienne non lavorasse con i cugini, o se ci avesse collaborato in passato, ma pensava che non la riguardasse. Tutti i Montgomery avevano talento e, quando Jillian sarebbe stata pronta per un altro tatuaggio, avrebbe saputo dove andare.

"Anche io," le disse Jillian dopo un po' e andò a mettere il vino sul piano della cucina. "Dove sono gli altri?" chiese, mentre toglieva le bottiglie dalla borsa in modo da poter mettere in frigo il vino bianco. Quello rosso lo lasciò sul mobile. Nonostante di solito bevesse birra, sapeva come gestire il vino.

"Luc ha portato Cliff e Sasha fuori a cena e poi al cinema, dato che hanno un'altra settimana prima dell'inizio della scuola."

Jillian sorrise e scosse la testa. "Ma l'estate non era appena cominciata?"

"Questo è quello che pensi tu," disse Meghan mentre entrava in cucina, con Emma che le sonnecchiava sulla spalla. La piccola aveva circa otto o nove mesi e sembrava già grande per l'età che aveva.

Mai dirlo a un genitore, cavolo.

La pelle di Emma era di un marrone più chiaro di quella di Luc e le guance erano tanto tonde che Jillian dovette sforzarsi per non prenderle a pizzicotti. Avrebbe voluto mangiarla. Prima di incontrare i piccoli Montgomery, Jillian non aveva idea di avere un orologio dentro di lei che la faceva comportare così.

"Che vuoi dire?" le chiese Adrienne, mentre vezzeggiava Emma. Evidentemente, nessuno era immune alla bellezza di quella bimba.

"Voglio dire che pensereste che l'estate sia appena cominciata, ma se capiste quanto bisogna pianificare con due ragazzini che non devono andare a scuola, una bambina che non ha ancora un anno e due adulti che lavorano più che a tempo pieno e a cui piace ancora avere del tempo per sé, l'estate sembra trascinarsi all'infinito." Baciò i riccioli di Emma e sospirò. "Ma ne vale la pena." Ondeggiò avanti e indietro e sorrise a Jillian. "Ciao, comunque.

Emma stava facendo i capricci quando sono uscita dalla stanza, per cui, dato che ci vuole ancora un'ora prima che lei *debba* dormire, ho pensato che potrebbe unirsi a noi. Che ne dici?"

"Dico benvenuta, Emma," disse Jillian con un sorriso e passò un dito sulle guance della bimba. Non poté farne a meno. Quando Emma sfarfallò quelle bellissime e lunghissime ciglia, Jillian si innamorò ancora di più.

"Pronta a sferruzzare?" chiese Meghan. "Non so dirti quanto mi aiuta a rilassare la mente, anche quando ringhio contro i ferri."

Jillian alzò la borsa da cucito. "Ho promesso una sciarpa a mio padre. Sembrava meglio che offrirgli un calzino."

Adrienne rabbrividì. "Una volta ho guardato lo schema di un calzino. Ci volevano sei ferri o roba del genere."

Meghan ridacchiò, mentre cullava ancora Emma. "Prima le sciarpe. Poi altre sciarpe. I calzini verranno *molto* dopo."

"Grazie a Dio," disse Adrienne con un sorriso. "Qualcuno vuole del vino?"

"Sì, grazie," Jillian e Meghan risposero contemporaneamente e risero.

Sarà una bella serata, pensò Jillian. Nuove amiche,

vino e lavoro a maglia. Era solo una parte del piano per trovare la pace. Prima gli amici, poi sarebbe uscita con qualcuno. Perché a Storm aveva detto la verità, quando lo aveva allontanato. Era pronta per avere un lieto fine.

Doveva solo cominciare a cercarlo.

Capitolo cinque

I giorni liberi per Wes non erano mai davvero giorni liberi e sapeva che avrebbe dovuto rimediare, ma sapeva anche che non ci si sarebbe impegnato a meno che non fosse stato costretto. Era un maniaco del lavoro come la maggior parte della famiglia. Senza la tendenza a lavorare troppo, Wes non sapeva dove sarebbe stato. C'era voluta la fatica di un intero gruppo di persone per portare l'azienda al punto in cui era e, dato che il resto dei familiari si era sposato, era il turno di Wes di mantenere il passo.

Quel giorno, tuttavia, non si trattava solo di lavoro, per cui poteva vivere nell'illusione di avere una vita al di fuori della Montgomery Inc. Con un sospiro, Wes si alzò e si asciugò il sudore dalla fronte con un braccio, mentre guardava il resto del lavoro che gli rimaneva. Aveva trascurato il restauro dello studio per più di un anno, per via di tutti i nuovi progetti dell'azienda. Quel giorno aveva deciso che, nonostante il caldo, avrebbe lavorato a tutti gli incassi preparati tempo prima.

Wes avrebbe potuto chiedere a chiunque di aiutarlo e loro gli avrebbero sicuramente dedicato del tempo, ma voleva pensarci da solo. Almeno per quel giorno. Si sarebbe spezzato la schiena senza nessuno ad aiutarlo, ma non gli dispiaceva. Gli permetteva di non pensare a tutto quello che lo aspettava il lunedì al lavoro e ai numerosi eventi di famiglia in arrivo, dato che tutti sembravano essere vicini a delle pietre miliari o festeggiavano per qualche motivo; poi, ovviamente, c'era *lei*.

Wes si strinse la radice del naso e sospirò. Non sapeva perché continuasse a pensare a Jillian e a quel bacio, ma sapeva che sarebbe stato meglio se ci avesse messo una pietra sopra. Avevano svolto un bel lavoro nell'ultimo paio di giorni, fianco a fianco senza parlarne. Anzi, se lui non avesse avuto il ricordo preciso di essersi comportato da idiota baciandola davanti alla libreria, avrebbe pensato di esserselo inventato.

Per quel motivo, sapeva che doveva superarla perché Jillian aveva evidentemente considerato quello che era successo come una coincidenza e svolgeva il proprio lavoro in modo più che competente, perché era un'adulta. Anche Wes doveva comportarsi come tale.

Ruotò le spalle e guardò la pila di cui doveva ancora occuparsi prima della fine della serata, ma non era sicuro di averne l'energia.

Suonò il campanello, che lo salvò dal dover sollevare altro prima di bere ancora del caffè o, meglio, una birra gelata.

Appena aprì la porta, rise dal naso e scosse la testa prima di farsi da parte e lasciar entrare i fratelli. In qualche modo, Austin, Griffin, Alex e Storm si erano riuniti senza che lui lo sapesse ed entrano nel salotto con cassette degli attrezzi e frigoriferi portatili.

"Ehi, ragazzi," disse lentamente Wes. "Andate a unirvi ai Village People?"

Alex alzò gli occhi al cielo e Austin si lamentò mentre Storm sospirava e si sedeva. Dato che Wes stava per fare delicatamente cenno al gemello di sedersi e salvarsi la schiena, era felice che Storm ci avesse pensato da solo.

"Non c'erano così tanti lavoratori edili in YMCA," disse Griffin prima di fare una pausa. "Aspetta, c'erano? Cioè, io so solo dei quattro tizi di quel vecchio video, ma adesso ce ne sono di più, vero?" Si voltò verso Austin che, anche se era il maggiore, non era della generazione di YMCA.

Per tutta risposta, Austin gli mostrò il dito medio prima di mettere giù la cassetta degli attrezzi e passarsi la mano sulla barba. "L'unica volta che ho ascoltato quella canzone era nell'ora di educazione fisica alle *elementari*. Ed erano già vecchi, quindi chiudi il becco."

"Ok, vecchio."

Austin si lanciò su Griffin e i due caddero a terra, a lottare come ragazzini invece che come gli adulti che avrebbero dovuto essere.

"Non sei tanto più giovane," disse Wes, mentre li superava. "E non osate rompere niente. Altrimenti vi prendo a calci in culo."

Griffin lo guardò da sopra la spalla di Austin prima di tenere fermo l'uomo più grosso per un secondo, in modo da poter parlare. "Come se potessi," lo prese in giro Griffin, poi gemette dal dolore quando Austin gli diede una gomitata allo stomaco, infine si alzò in piedi.

Il fratello maggiore si muoveva più velocemente

e con più agilità del dovuto, data la stazza, ma, considerato che aveva un adolescente e un bambino piccolo a casa, probabilmente era allenato.

"Comunque, perché siete qui?" chiese Wes, con una risata.

"Siamo qui per aiutarti," disse Alex con una scrollata di spalle. "Tabby ha detto che oggi avevi in programma di lavorare allo studio e non ci hai chiesto aiuto, per cui te lo stiamo offrendo."

Tabby era innamorata di agende e organizzazione tanto quanto Wes, per cui non era strano che si fosse assicurata di parlare con il fidanzato Alex, in modo che gli altri si occupassero di Wes nel fine settimana. "E per offrirvi intendi venire qui e aiutarmi anche se non voglio?" gli chiese Wes, anche se non gli dispiaceva e, dalle risate che risuonavano per la stanza, sapeva che capivano.

"Certo," gli disse Storm, mentre si appoggiava allo schienale del divano. "Io dirigerò i lavori, ovviamente, dato che mi prenderai a calci in culo se mi rovino di nuovo la schiena."

"Abbiamo anche pensato che sarebbe stato carino passare del tempo insieme, dato che non ci vediamo mai di pomeriggio. Anche Decker, Luc, Jake e Border possono venire, se hai bisogno."

A Wes piaceva l'idea che i primi Montgomery

passassero del tempo insieme. Non accadeva spesso, dato che tutti tranne Wes avevano una famiglia ed erano impegnati. In più, i ragazzi che avevano sposato le sorelle di Wes erano sempre in giro. Per quanto Wes volesse loro bene e li considerasse fratelli (diamine, certe volte alcuni gli erano anche più simpatici degli stessi fratelli) era bello rivivere gli stessi momenti di un tempo. Certo, niente era come dieci anni prima e a Wes stava bene, ma ricordare non faceva mai male... o non troppo.

"Finché Griffin non si avvicina a una sega, apprezzo l'aiuto." Wes sorrise mentre Griffin si alzava e si spolverava i jeans, come se Wes potesse mai avere i pavimenti sporchi. Era come se Griffin non lo conoscesse.

"È successo solo una volta," si lamentò Griffin. "E nessuno è morto o ha perso un arto."

Storm rise e si alzò con l'aiuto di Alex. Wes non pensava che a Storm servisse davvero aiuto, ma probabilmente faceva sentire meglio Alex; Everly lo avrebbe saputo e sarebbe stata sollevata.

"Se devi mettere in chiaro ogni incidente con una sega in questi termini, non te ne faremo mai toccare un'altra," disse Wes e si allontanò mentre Griffin gli si scagliava contro.

"Niente risse vicino al materiale da costruzione," aggiunse Austin. "Non fatemi chiamare papà." Fece una pausa. "O la mamma."

Gli altri risero e tornarono nello studio di Wes. L'idea di andare a spifferare tutto alla mamma lo fece sorridere. Era passato un po' di tempo dall'ultima volta che si era rilassato insieme ai fratelli persino con i lavori pesanti e sapeva che, col passare del tempo, giorni come quello sarebbero diventati più rari. Non tutte le famiglie erano legate come i Montgomery, Wes sapeva di dover essere grato del fatto che si vedevano così tanto. Ma per il momento, avrebbe preso quello che poteva e ne sarebbe stato soddisfatto.

I Montgomery potevano calmargli l'anima e dar pace a ogni desiderio che poteva provare e, per quello, sapeva che non li avrebbe dati per scontati. Mai.

Fuori c'era ancora luce quando i ragazzi se ne andarono, ma ancora per poco. Dovevano tutti tornare dalle famiglie per cena e lasciarono Wes da solo ad arrangiarsi la cena. Ogni fratello l'aveva invitato a mangiare in famiglia. Wes sapeva che avevano parlato con le ragazze, dato che Maya, Miranda e

Meghan avevano mandato lo stesso messaggio, ma Wes aveva mandato via tutti. Non gli serviva un invito per pietà, anche se gli altri potevano non ritenerlo tale. Solo perché era l'ultimo Montgomery single, non significava che si sentisse solo.

Beh, per lo meno non sempre.

Gli altri se ne erano andati e lo studio era quasi finito: lui era solo in casa, sudato e stranamente affamato. Avevano mangiucchiato quello che Alex aveva portato con sé, ma a quel punto Wes era pronto per del vero cibo. Gli brontolò lo stomaco, come se fosse d'accordo con quel pensiero. Wes si tolse la maglia per pulirsi dal sudore e dalla polvere e tornò in camera per gettarla nel cesto. Pensò di fare la doccia dopo mangiato, dato che aveva un po' troppa fame per pensare ad altro.

Stava per andare in cucina quando suonò di nuovo il campanello. Forse uno dei fratelli aveva dimenticato qualcosa oppure era tornato per trascinarlo a cena, per cui Wes aprì senza guardare.

Si immobilizzò.

Era tornato indietro nel tempo. Doveva essere così. Non c'era un'altra spiegazione possibile al perché *lei* fosse sull'uscio.

"Sophia", sussurrò Wes.

L'ex fidanzata.

La donna che non vedeva da *anni*, e per buoni motivi.

Beh, lui aveva chiesto aiuto all'universo per non pensare al lavoro e a Jillian e sembrava proprio che avrebbe rimpianto il favore.

"Ciao, Wes," disse ciò che doveva essere frutto dell'immaginazione. Aveva le spalle dritte, ma non troppo indietro per non sembrare troppo sicura di sé. I lunghi capelli scuri le scendevano in onde lungo le spalle e ciocche più corte le incorniciavano il viso. I luminosi occhi color caramello lo guardavano e Wes cercò di pensare a cosa dire mentre la studiava.

Aveva più curve rispetto all'ultima volta che l'aveva vista e Wes pensò che stesse meglio. Indossava un vestito color rubino lungo fino alle ginocchia, che si svasava sull'orlo mentre il resto aderiva alle curve. La scollatura le sottolineava il seno, anche se Wes era sicuro che quella parte di lei non era cambiata. Non indossava gioielli a parte un sottile braccialetto di argento, e il trucco era impeccabile. Il rossetto era dello stesso colore del vestito e luccicava alla luce del tramonto e a quella del portico.

"Che ci fai qui?" le chiese Wes, non in modo brusco. Non aveva mai odiato Sophia, ma lei non gli aveva fatto bene.

"Posso entrare?" gli chiese lei, con voce esitante

ma più forte di quanto ricordasse Wes. "Non resterò molto, ma vorrei parlare."

Wes deglutì rumorosamente e fece un passo indietro senza pensare. Sophia lo superò e Wes pensò che si fosse strusciata deliberatamente contro di lui, ma con Sophia non si poteva mai essere sicuri.

Wes si schiarì la gola, in attesa di vedere cosa volesse e di togliersela dalla testa. Poteva anche essere piombata lì all'improvviso, ma non c'era bisogno di fare lo stronzo... almeno non subito.

"La casa sembra diversa," disse lei sottovoce, mentre gli dava le spalle.

Wes si mise le mani in tasca, consapevole di non aver addosso una maglietta, di essere coperto di sudore e polvere e di non essere nella forma migliore. Ma diamine, non si aspettava che l'ex si presentasse all'improvviso.

"Ho fatto dei lavori," rispose lui. "Stai... bene."

Sophia si voltò verso di lui e sorrise, con gli occhi che brillavano. "Grazie. Mi *sento* bene." Lo guardò e trattenne un sorriso. Wes avrebbe dovuto proprio mettersi una maglietta. "Anche tu stai bene."

"Se mi dai un momento." Indicò il tavolo da pranzo invece del divano, così Sophia non si sarebbe messa troppo comoda e non sarebbe rimasta troppo a lungo, dato che Wes non sapeva perché fosse lì. "Accomodati."

Wes andò di corsa in camera, si mise una maglietta di cotone presa dal cassetto e tornò da Sophia in meno di un minuto. Per quanto Sophia avesse visto e toccato ogni centimetro di lui, a Wes serviva una sorta di armatura per affrontare lei e quello che poteva servirle.

"Che ci fai qui, Sophia?" Wes sapeva che quella era la seconda volta in altrettanti minuti che glielo chiedeva e che lei non aveva risposto la prima volta.

Sophia si alzò dalla sedia vicino al grande tavolo di quercia e scrollò le spalle. "Volevo vederti."

Infastidito, Wes rise dal naso. "Mi hai visto, Sophia. Non penso tu sia arrivata qui dal nulla solo per questo, quindi spiegami perché sei qui."

Sophia lo guardò con quegli occhi grandi e le ciglia lunghe e sospirò. "È andata davvero tanto male tra noi?"

Wes si trattenne dall'imprecare e pensò, *sì, è andata davvero male*. Certo, c'erano stati momenti belli, ma erano stati pochi e distanti fra loro, soprattutto alla fine della relazione.

Wes aveva creduto di amarla e aveva avuto intenzione di sposarla, ma lei non la pensava allo stesso modo. Sophia aveva cercato il brivido, aveva una dipendenza da adrenalina che non aveva niente a che fare con gli sport estremi.

Giocava d'azzardo e usava la carta di credito, certe volte anche quella di Wes, per fare acquisti che non poteva permettersi. Era piena di debiti e Wes aveva dovuto salvarla due volte dal finire in bancarotta o compiere un gesto peggiore, come la frode.

Sophia non era sempre stata così, o forse sì, e lui era stato troppo cieco per vederlo. Era stata dolce e avevano avuto interessi simili, almeno all'inizio. Quando Wes si era reso conto che lei aveva un problema era stato troppo tardi. Sophia beveva troppo quando giocava ma non beveva mai a casa. Wes sapeva che lei aveva provato droghe leggere, ma lo aveva scoperto solo dopo che lei lo aveva lasciato.

Nonostante il modo in cui l'aveva trattato e il modo in cui aveva tradito la sua fiducia, era stata Sophia a lasciarlo per un altro. Wes non aveva smesso di provare ad aiutarla ed era rimasto fregato. Per quel motivo non aveva mai detto alla famiglia perché lui e Sophia avevano rotto il fidanzamento. I parenti avevano delle teorie, ovviamente, ma nessuno parlava mai di lei perché non era stata parte delle loro vite come gli altri partner dei Montgomery.

Ciò avrebbe dovuto essere illuminante per Wes, ma gli era servita un po' di prospettiva per capirlo.

"Mi dispiace," disse lei dolcemente, irrompendo nei suoi pensieri. "Mi dispiace di essere stata un'idiota in preda alla dipendenza. Ho *ancora* una dipendenza, ma mi sto riprendendo." Ruotò le spalle, come per guadagnare sicurezza. "Meritavi molto di più di una bugiarda e una traditrice. Lo meriti *ancora*. Ho dovuto toccare il fondo più di una volta per rendermi conto che mi sono giocata la parte migliore della mia vita per essere stata una stupida."

Wes la ascoltava ma non si sapeva cosa dire. Il fratello Alex aveva una dipendenza e aveva affrontato un percorso di recupero. Wes lo aveva ascoltato e accolto perché conosceva la forza dell'uomo sotto i lividi delle cattive decisioni e della dipendenza.

Wes non era sicuro di aver mai conosciuto davvero Sophia.

"Sono qui non solo per dirti che mi dispiace ma anche per ripagarti." Sophia prese una busta dalla borsa e gliela porse. "È un assegno circolare, non verrà respinto. Non volevo avere contanti addosso."

Wes aggrottò la fronte ma prese la busta: costringere Sophia a tenerla in mano lo avrebbe reso uno stronzo. "Non avevi bisogno di ripagarmi."

"Sì, invece. Non ho scuse per ciò che ho compiuto in passato, posso solo dire che mi dispiace e che non sono più quella donna. Ho rimesso a posto la mia vita." Sophia sospirò. "Mi sei mancato."

Wes strinse i denti. "Sophia."

"È così. Mi è mancato quello che avremmo potuto avere insieme. Non quello che avevamo perché l'ho rovinato, ma mi mancava quello che avrebbe potuto essere."

A Wes faceva male la testa e lo stomaco non brontolava più, Sophia gli aveva fatto passare l'appetito con tutti quei vecchi ricordi. Non aveva idea di cosa avrebbe detto e, per fortuna, gli squillò il cellulare prima che potesse venirgli in mente.

"Un attimo," disse a Sophia, che annuì paziente. "Sì?"

Non aveva nemmeno guardato lo schermo prima di rispondere, per cui dovette trattenere lo shock quando sentì la voce di Jillian.

"Ehi. So che è sabato sera e non dovrei lavorare, ma avevo bisogno di tenermi impegnata," cominciò lei invece di salutare. "Comunque, non riesco a trovare quel modulo di cui parlavamo ieri mattina. È stampato in ufficio? O è in una delle cartelle? Oppure posso stamparne uno a casa?" continuò Jillian, e Wes annuì come se lei potesse vederlo.

"È nella cartella condivisa insieme ai progetti in scadenza," rispose Wes. "Se non lo trovi non preoccuparti. È sabato, Jillian." Non poté fare a meno di sorridere all'idea che lei stava passando il sabato sera come l'avrebbe passato anche lui se non avesse avuto compagnia inaspettata.

"Oh, lo so, credimi."

"Wes, caro? Vieni a finire quello che abbiamo cominciato?"

Wes avrebbe potuto imprecare. Invece, si guardò alle spalle e scoccò un'occhiataccia a Sophia. Che diavolo stava succedendo?

Jillian rimase in silenzio per tanto tempo che per un attimo Wes temette che avesse riagganciato.

"Jilli?"

"Oh... ehm... credo tu sia impegnato. Ti lascio andare." Riagganciò prima che lui potesse spiegarle la situazione, non che lo *sapesse*. Si mise il telefono in tasca in modo da poter guardare male Sophia.

"Ok, Sophia. Non so cos'è stato, ma volevi parlare? Parliamo."

Sperò di non commettere un errore lasciandola parlare perché, onestamente, Wes non aveva idea di come lui stesse reagendo. Jillian non gli apparteneva e non c'era niente tra loro, tranne un bacio che entrambi negavano.

Sophia, d'altro canto, era una donna con cui aveva avuto un passato. Se era lì per il percorso di recupero, come aveva detto, Wes doveva ascoltarla per rispetto verso la storia che avevano avuto.

Persino mentre lo pensava, Wes sapeva che stava facendo un errore, ma non poté farne a meno. Gli errori erano il suo forte in quel periodo. Come sempre.

Capitolo sei

Jillian aveva passato la settimana a lavorare duramente sul progetto del magazzino al punto da non riuscire a concentrarsi su altro che non fossero il lavoro e i muscoli indolenziti. Era stato l'unico modo per andare avanti dopo essersi resa di nuovo ridicola telefonando a Wes il fine settimana precedente. Sì, le serviva davvero aiuto con il lavoro, ma la fitta dolorosa che aveva provato quando aveva sentito la voce dell'altra donna l'aveva infastidita.

Wes Montgomery non apparteneva a *lei*. Nessuno dei Montgomery le apparteneva e a lei piaceva così.

Infatti, *quella sera* aveva appuntamento con un brav'uomo. Un *secondo* appuntamento, che non le capitava da troppo tempo. Quei sentimenti fastidiosi che aveva provato per un certo Montgomery in un momento di debolezza potevano lanciarsi dal tetto del magazzino.

Clark era dolce, se non addirittura *troppo* dolce, e sembrava un uomo meraviglioso. Jillian aveva detto la verità a Storm: lei voleva trovare un lieto fine. Uscire con qualcuno era parte del piano. Fino a quel momento, aveva avuto quattro primi appuntamenti, ma con nessuno di quegli uomini era andata oltre. I primi erano un po' troppo... noiosi per lei e non c'era stata nemmeno un po' di chimica. Clark, per lo meno, aveva una piccola scintilla che forse un giorno avrebbe potuto trasformarsi nel fuoco che sentiva con...

No. Non avrebbe pensato a lui.

Mai.

"Tutto bene qui?" le chiese Storm, mentre le si avvicinava.

Jillian annuì e mise via il resto dell'attrezzatura, ormai alla fine della giornata di lavoro e della settimana. I Montgomery davano il fine settimana libero agli operai per la maggior parte dei progetti e molti ne erano grati. A Jillian faceva piacere perché significava che avrebbe passato più tempo con il padre.

"Sì, ho quasi finito di ripulire. Tu? Sei stato

seduto sul trono quasi tutto il giorno?" Jillian sorrise e Storm le mostrò il dito medio.

Lei ed Everly gli avevano comprato una sedia da campeggio sorprendentemente comoda, buona per la schiena di Storm, che poteva sedersi e alzarsi facilmente, il che non si vedeva spesso con le sedie pieghevoli. Abbinato c'era un tavolo pieghevole che aveva un porta-tazza e lo spazio per una lampada, così Storm poteva avere un ufficio portatile e nessuno avrebbe osato dargli fastidio. Beh, nessuno tranne Jillian e la famiglia di Wes. Gli altri operai non avrebbero mai osato ridacchiare, perché sapevano in che condizioni era stato Storm e sapevano quanto fosse fortunato a essere vivo e a camminare.

Per quel che riguardava Jillian, beh, se lei non ci avesse scherzato sopra, la bile che le ricopriva sempre la lingua sarebbe ricomparsa e lei avrebbe finito con il singhiozzare nella camicia di flanella dell'amico.

"Il mio trono era piuttosto comodo e Wes mi ha persino scattato una foto da mandare a Everly." Scosse la testa con un sorriso. "Vi preoccupate troppo per me."

Jillian strinse gli occhi. "No, a dire la verità no. Ci preoccupiamo il giusto e forse, in certi casi, *non* abbastanza."

"Se è quello che pensi," rispose evasivo. "Ma Jillian? Non ho intenzione di mandare a puttane la riabilitazione. Ho due figli, un cane e una donna che amo che aspettano che io possa ballare e giocare con loro senza fare smorfie. Non voglio perdere tutto questo per fare il macho davanti agli altri."

Se fosse stato un altro, l'idea di poter professare così liberamente davanti a lei il suo amore per un'altra donna le avrebbe fatto male, ma era *Storm*. Jillian non sarebbe mai stata gelosa di quello che lui ed Everly condividevano. Certo, poteva essere gelosa del fatto che lei non aveva niente di simile, ma mai del non avere Storm. Loro due non si erano mai amati nel modo giusto e il fatto che fossero rimasti legati ne era la prova. Storm era uno dei migliori amici di Jillian, forse il suo *migliore* amico, e lei non avrebbe permesso che qualcosa mettesse a rischio quel legame.

Neanche l'infatuazione per il fratello gemello.

"Mi fido, ma continuerò a fare la mamma chioccia. È nella mia natura."

Storm annuì guardandola negli occhi. "Come sta tuo padre?" le chiese con dolcezza.

Jillian deglutì rumorosamente. "Sempre uguale a come stava quando l'hai chiesto l'ultima volta. Grazie per essere venuto a guardare la partita con lui, per la cronaca. Gli ha fatto molto piacere, anche se probabilmente non l'ha detto."

Storm sorrise. "A dir la verità, l'ha detto. Vuole che la prossima volta gli porti i bambini. Se a te sta bene, Everly è d'accordo."

Jillian non poté fare a meno di sorridere. "Davvero? Se pensi che James e Nathan possano divertirsi, fai pure. A mio padre sono sempre piaciuti i bambini e credo che avrebbe voluto avere altri figli oltre a me, sai?"

Storm le strinse una spalla prima di fare un passo indietro. Stavano sempre molto attenti a come si comportavano l'uno con l'altra sul lavoro. Un conto era restare buoni amici quando erano con persone che li capivano, un altro esserlo dove la reputazione di Jillian poteva essere compromessa ancora di più.

"Direi che tuo padre ha avuto già il suo bel da fare con te."

Jillian alzò gli occhi al cielo e si chinò per finire di pulire. "Torna a casa dai bambini, Storm. Qui ho quasi finito."

Lui si accigliò e guardò l'edificio che si svuotava. "Non voglio lasciarti sola."

Uomini.

"Non sono sola e probabilmente non sarò l'ultima ad andarsene. Sono al sicuro e al cancello c'è la sorveglianza." Era una precauzione che adottavano su ogni cantiere fuori dall'orario di lavoro e certe volte persino durante la giornata. Era una questione di furbizia, tenuto conto dei materiali pericolosi e costosi che entravano e uscivano ogni giorno.

"Sono diventato una mamma chioccia come te."

"Diventato?" Jillian scosse la testa con una risata. "Storm, tesoro, tu sei *sempre* stato una mamma chioccia. Ora vattene prima che mandi un messaggio a Everly per dirle che hai sollevato qualcosa che non dovevi."

Storm alzò le mani in segno di resa e uscì camminando all'indietro, con gli occhi che ridevano.

Jillian sollevò la grande cassetta degli attrezzi e tornò alla zona aperta del piano principale per assicurarsi di aver preso tutto. Con la portata di quel progetto, rischiava di sfinirsi se non stava attenta. Per fortuna, l'azienda aveva intenzione di assumere un altro idraulico per aiutarla, così sarebbe riuscita a delegare.

Dall'angolo posteriore venne un suono strano e Jillian aggrottò la fronte. Anche se la luce stava calando e Jillian sapeva che, se non avesse prestato attenzione, sarebbe finita in un film horror, mise giù la borsa e andò verso il suono. C'erano ancora degli operai e la salutarono un cenno. Jillian ricambiò mentre andava verso il punto da cui aveva sentito provenire lo stridore metallico.

"Ehilà?" chiamò Jillian. Ok, era *letteralmente* in un film dell'orrore.

"Jilli?"

Jillian fece un passo avanti al suono della voce di Wes e aggrottò la fronte quando sentì di nuovo lo stridio metallico, quella volta molto più vicino.

"Non... troppo tardi," ringhiò Wes.

Il battito cardiaco le accelerò e lei si voltò in tempo per vedere le porte dell'ascensore di servizio che si chiudevano dietro di lei.

"Beh, cazzo," sbottò Wes e tirò Jillian a sé. Jillian portò istintivamente una mano sui pettorali sodi di Wes per stabilizzarsi e lo guardò, confusa.

"Che diamine, Montgomery? Cosa credi di fare?" Jillian cercò di allontanarsi e Wes le strinse le mani sui fianchi prima di lasciarla andare.

"Stai bene?"

"Non ne ho idea. Cosa diamine ci fai qui e cos'è successo? Perché mi stringevi in quel modo?"

Nell'ascensore di servizio non c'era molta luce dato che non ci avevano ancora lavorato e Jillian riusciva a malapena a vedere, ma si accorse che Wes arrossì quando le rispose.

"Sono rimasto bloccato qui e il mio telefono non funziona a causa del maledetto metallo che mi circonda. Ero finalmente riuscito ad aprire la porta abbastanza da poter uscire, ma poi sei entrata e non potevo lasciare che restassi bloccata anche tu. Ti ho seguita con l'intenzione di tirarti fuori. Ma poi quelle dannate porte si sono richiuse di nuovo." Si strinse la sella del naso. "È come una commedia degli equivoci in versione horror. È ridicolo."

Jillian batté le palpebre, non si aspettava quella risposta, e si voltò a studiare le porte d'acciaio che bloccavano l'uscita. Ovviamente riusciva a pensare soltanto al fatto che non sembrasse esserci una via d'uscita e che fossero in una bara d'acciaio che stava succhiando tutto l'ossigeno. Per non parlare della poca luce che avevano, che non bastava per studiare la meccanica dell'ascensore. Ovviamente, Jillian aveva lasciato la torcia e il telefono nella borsa *fuori* dall'ascensore. Ma se il telefono di Wes prima non funzionava e non era riuscito a chiamare nessuno per farsi aiutare, probabilmente sarebbe stato lo stesso per quello di Jillian.

Nessuno sarebbe riuscito a sentirli urlare.

"Fai un respiro profondo," disse dolcemente Wes, mentre la abbracciava di nuovo e la riportava al presente per non lasciarla nella spirale di sventura in cui stava precipitando. "C'è una botola per l'aria in cima alla cabina, possiamo respirare tutto l'ossigeno che vogliamo. Ha anche una placca di metallo al centro che rende difficile che ci sentano da fuori, ma *possiamo* avere aria. Respira, Jilli. Va tutto bene."

Tra quello che Wes le diceva e le braccia che la stringevano, Jillian iniziò a calmarsi ed era in imbarazzo. Di solito non soffriva di claustrofobia, ma il ricordo delle porte di metallo che si chiudevano con tale velocità l'aveva mandata nel panico.

"Perché mi chiami Jilli?" gli chiese invece.

"Non ne ho la più pallida idea." Wes ridacchiò. Il calore del respiro di lui lungo il collo le mandò un brivido lungo la schiena e si allontanò da lui. Erano in una situazione strana, con l'adrenalina che andava in troppe direzioni bizzarre. Non avrebbe provato una sensazione stupida come essere felice di trovarsi tra le braccia di Wes.

"Siamo solo a un piano di altezza, dato che anche lo scantinato ha accesso a questo ascensore. Dovrebbe andare tutto bene, ma cerchiamo comunque di uscire di qui. Ok?" disse Wes, con voce calma.

"Per me va bene." Jillian si schiarì la gola e ignorò il modo in cui lo sguardo di Wes le percorreva il corpo. Sperò fosse perché lui stesse controllando che non fosse ferita ma, dal calore che c'era in quello sguardo, Jillian aveva la sensazione che non fosse solo per quello. "Come hai fatto ad aprire le porte prima? E, aspetta, pensavo avessimo controllato l'ascensore. Non è così?"

Wes imprecò sottovoce. "Prima l'ho aperto per mera determinazione e fortuna, dovremmo riprovare. Per quel che riguarda i controlli, sì, i nostri ispettori si sono occupati della valutazione. Non avevano registrato niente del genere. Era tutto in regola, anche se un po' vecchio. Non ho idea di cosa sia successo, ma di sicuro ci sarà un'azione legale." Wes la guardò e lei strinse gli occhi.

"Non ho intenzione di farti causa, Montgomery. Quando usciremo di qui, faremo in modo che nessuno usi più quest'ascensore finché non capiamo cosa gli è successo." Deglutì rumorosamente, con più coraggio di quanto ne avesse realmente. Evidentemente, restare chiusi in una gabbia di acciaio con Wes Montgomery bastava a rendere irritabile qualsiasi donna.

L'ascensore tremò per un attimo e Jillian si immobilizzò, con il cuore a mille.

"Va tutto bene," disse Wes con dolcezza, anche se Jillian non sapeva se parlasse per tranquillizzare lei o se stesso.

Jillian deglutì rumorosamente e fece un respiro profondo quando l'ascensore rimase fermo per almeno sessanta secondi. "Ehm... usciamo di qui."

Wes allungò una mano verso di lei e la avvicinò a sé, erano stretti l'uno contro l'altro mentre Jillian cercava di controllare il respiro.

"Cosa fai?" gli chiese lei, confusa dal motivo per cui l'aveva stretta a sé. Jillian si leccò le labbra, infastidita dal sentire attrazione verso di lui. Doveva essere l'adrenalina, perché erano chiusi in un ascensore di servizio guasto. Nient'altro aveva senso.

"Io... ehm..." La lasciò andare e scosse la testa. "Mi stavo solo assicurando che tu non fossi troppo vicina alle porte nel caso si riaprissero."

Ok, non aveva *alcun* senso, ma lei lasciò correre quella bugia, dato che non voleva sapere cosa Wes pensasse davvero. Era tutto già abbastanza confuso senza aggiungerci quell'intera situazione.

"Mettiamoci all'opera, allora," disse lei aspra, mentre si divincolava da lui.

Wes aggrottò la fronte per un attimo prima di lavorare sulle porte. Si misero tutti e due a tirare e riuscirono ad aprirle di qualche centimetro. Tuttavia, non c'era verso che Jillian mettesse in mezzo una mano col rischio di perderla.

"Ehi!" chiamò Wes. "C'è qualcuno?" Continuò a

tirare la porta insieme a Jillian. Il cellulare non aveva campo e Jillian si stava davvero preoccupando, ma poi le porte si aprirono.

Jillian si voltò e incrociò lo sguardo di Wes prima di stringergli la mano e uscire di corsa dall'ascensore. Ansante, andò a sedersi accanto alla borsa e chinò la testa tra le ginocchia.

"Beh..." deglutì rumorosamente. "Non mi aspettavo un attacco di panico."

Wes si inginocchiò accanto a lei con il telefono in mano. Non provò a toccarla e Jillian gliene fu grata. Non era sicura di poterlo affrontare... né in quel momento né mai.

"Vuoi che chiami qualcuno?" Le porse una bottiglia d'acqua e lei la prese, con un cenno per ringraziarlo.

"Starò bene. Non è un vero attacco di panico. Dovevo solo riprendere fiato, dato che non so cos'è successo."

Wes sospirò. "Sembra che ci succeda spesso di non capirlo."

Jillian gli scoccò un'occhiataccia. Non dovevano parlare di quello che era accaduto e a lei stava bene così. "Comunque, devo andare." Si schiarì la voce. "Ho un appuntamento. Con Clark." Un secondo appuntamento, in effetti, e non le capitava mai.

Wes sgranò gli occhi e si alzò, con un passo indietro. "Ah, bene, io resto qui e contrassegno l'area prima di chiamare l'ingegnere." Fece una pausa. "Divertiti."

Jillian si alzò e si spolverò i pantaloni. "Grazie. E beh, evviva, non siamo morti nell'ascensore, giusto?"

Wes rise e scosse la testa. "Hai ragione. Avrai problemi ad andare a casa?"

"Andrà tutto bene. Sono rimasta un po' scossa per un attimo dato che è successo tutto velocemente, ma non preoccuparti. *Tu*, piuttosto, avrai problemi a stare qui da solo?

Wes alzò le spalle. "Sto sempre qui da solo. Sono sempre il primo ad arrivare e l'ultimo ad andare via. Tipico."

Jillian non poté fare a meno di sorridere. "Sei più ossessionato di me dal lavoro, ed è tutto dire. Comunque, sono felice che tu stia bene. Ci vediamo la settimana prossima."

Con quelle parole, Jillian girò i tacchi e diede il meglio di sé per non scappare.

Di nuovo.

Capitolo sette

Wes strinse il volante e cercò di capire cosa diavolo stesse combinando. Forse restare bloccato in ascensore poco più di un'ora prima gli aveva fatto mancare un po' di ossigeno ai neuroni e stava prendendo una decisione sbagliata dopo l'altra.

Dopo aver visto Jillian andare via dal cantiere, sicuro che sarebbe stata bene almeno per quella sera, Wes aveva mantenuto la promessa e aveva chiamato l'ingegnere e poi recintato l'area, nel caso degli operai arrivassero prima di lui al mattino. Conoscendo i propri orari, Wes sapeva che non c'era nessuna probabilità, ma poteva sempre succedere. Poi mandò una email agli operai e al personale della Montgomery Inc. per informarli dell'accaduto, ma senza menzionare Jillian.

Onestamente, Wes non sapeva *perché* non avesse fatto il nome di lei dato che, se si fosse trattato di qualcun altro, probabilmente sarebbe sceso nei dettagli, ma non voleva metterla in mezzo nel caso qualche operaio fosse come Jeff, l'idiota che aveva licenziato da poco. In un appunto generale, non aveva bisogno di fare nomi, ma la gente avrebbe comunque cominciato a spettegolare su chi avesse potuto essere rimasto intrappolato nell'ascensore. Per cui, Wes aveva parlato solo di se stesso, dato che *lui era* rimasto bloccato da solo, all'inizio. Evitò solo di dire che c'era rimasto una seconda volta con Jillian.

Quella era solo un'altra delle ragioni per cui doveva starle lontano perché non stava dicendo tutta la verità negli appunti, per paura di cosa potesse succedere se la gente avesse iniziato a spettegolare. Se gli altri avessero saputo, ci sarebbero state delle chiacchiere. Secondo Wes, i cantieri erano peggio dei circoli del cucito, quando si trattava di pettegolezzi.

La sua serata sarebbe dovuta finire così, con una birra davanti alla televisione. Ma, ovviamente, Wes aveva commesso un errore dopo l'altro. Dopo aver mandato l'appunto dal tablet ed essersi diretto al furgone, Sophia gli aveva telefonato per chiedergli di vedersi. Se Wes fosse stato di un altro umore o non fosse rimasto chiuso in un ascensore con una donna che non voleva desiderare, una che evidentemente lo ricambiava, probabilmente non avrebbe detto di sì.

Tuttavia era lì, con indosso dei pantaloni eleganti e una camicia, dopo aver fatto la doccia più veloce della sua vita, col furgone in folle nel parcheggio del ristorante, invece di dedicarsi a impegni *davvero* importanti.

Wes guardò l'edificio che aveva davanti e spense il motore per non sprecare benzina. Era già stato in quel ristorante, una volta con la famiglia e una volta con una donna, ma quell'appuntamento non aveva portato a niente di serio. Era un piccolo ristorante francese vicino al centro di Denver, ma abbastanza lontano da avere un parcheggio. C'era anche un parcheggiatore, dato che il posto era quasi di lusso, ma Wes aveva deciso di lasciare l'auto sul retro e pensare alle proprie scelte di vita.

Wes non aveva mai portato lì Sophia, era stata lei a suggerire quel ristorante. Gli ricordava i gusti di lei quando erano stati insieme e ciò lo preoccupò. Il cibo non era troppo costoso per lui, ma era un po' troppo per un appuntamento che non era un appuntamento.

A meno che *lei* non pensasse che lo fosse e avesse ripreso la solita abitudine di spendere troppi soldi che non le appartenevano.

"Smettila", si sussurrò Wes. La stava già giudicando e non l'aveva nemmeno vista da quando si era fermata a casa sua. Sophia gli aveva detto di stare meglio, di aver chiesto aiuto e di essere stabile. Wes aveva cercato di crederle ma era dura, dopo come si era comportata con lui e con se stessa in passato.

Wes le aveva promesso che avrebbero cenato insieme quella sera e sperava di essere stato chiaro quando le aveva detto che sarebbe stata solo *una* cena fra amici. Ma non era sicuro di essere stato abbastanza diretto. Sophia gli aveva detto di volere di più da lui quando si erano visti, aveva detto che le mancava quello che avrebbero potuto avere se la situazione non fosse precipitata. Ma Wes *sapeva* che non era quello che voleva lui.

Wes non poteva lasciarla in quel modo.

No, non è la parola giusta, pensò tra sé. L'aveva già lasciata una volta, aveva dato il meglio di sé per non pensare troppo spesso a lei ed era andato avanti. Il problema era che non riusciva a smettere di voler migliorare il rapporto. Era un aggiustatutto. Lo *sapeva*.

Quando Austin aveva scoperto dopo dieci anni di

essere padre, Wes aveva voluto aiutarlo. Si era impegnato al massimo per scoprire tutto quello che poteva sugli aspetti legali e aveva chiamato amici che ne sapevano più di lui. In quel modo Austin non avrebbe dovuto vedersela da solo con un figlio e con la sua relazione appena iniziata con Sierra. Quando Sierra era rimasta ferita nell'incidente e poi di nuovo quando aveva quasi perso il bambino durante il parto con Austin accanto, Wes era stato lì, a mettere a posto quanti più dettagli possibili sulla vita quotidiana, in modo che Austin e Sierra potessero preoccuparsi solo della famiglia.

Quando il padre aveva scoperto di avere un cancro, Wes e gli altri Montgomery si erano informati e avevano cercato di dare il meglio di sé per capire la malattia che minacciava la famiglia. Aveva fatto il possibile per assicurarsi che la madre avesse tutto quello che le serviva mentre si occupava del padre, ma Wes si sentiva impotente. Aveva già avuto quella sensazione altre volte nella vita, ma quello era stato uno dei primi momenti in cui si era sentito solo in grado di pregare che il padre guarisse completamente.

Quando Miranda era stata perseguitata e ferita da un uomo con cui era uscita qualche volta, Wes aveva cercato di fare la sua parte come gli altri fratelli e di sistemare tutto quello che poteva. Ovviamente non ci era riuscito, perché non solo Miranda li aveva allontanati, ma era anche riuscita ad appoggiarsi a Decker mentre si innamorava di lui. Wes era stato ai margini, mentre si impegnava al massimo per tenere lontano l'ex di Miranda; le aveva anche tenuto la mano quando era rimasta ferita.

Wes non era riuscito a sistemare tutto nelle vite dei parenti, ma aveva dato il meglio di sé per continuare a provarci. Quando il primo matrimonio di Meghan era finito, Wes aveva offerto ospitalità a lei e ai nipoti, ma la sorella aveva rifiutato. Meghan gli aveva permesso di aiutarla a trovare un posto in cui vivere, ma poi aveva voluto cavarsela da sola con la piccola casa in affitto. Wes aveva odiato la casa che lei era stata costretta a scegliere, ma dopo il divorzio Meghan aveva potuto contare solo sulle proprie forze . Quando la sorella aveva finalmente ritrovato l'amore con Luc e la situazione era quasi andata al diavolo di nuovo, Wes aveva tenuto la mano di Meghan mentre aspettavano nella sala d'attesa dell'ospedale in cui sembrava finire un Montgomery al mese.

Wes aveva cercato di aiutare Griffin a trovare una musa o qualunque ispirazione servisse a uno scrittore e aveva aiutato le donne della famiglia ad assumere Autumn. Wes non era stato in grado di aiutarle molto in quell'occasione, ma era stato di nuovo nella sala d'attesa dell'ospedale quando la faccenda era diventata violenta per via di un uomo del passato di Autumn.

Sale d'attesa. Sospirò. Ci aveva passato così tanto tempo che poteva contare le mattonelle del pavimento a occhi chiusi.

Non faceva altro che aspettare. Aspettare e pregare di trovare un modo per sistemare tutto per tutti. Ma ancora una volta non ci riusciva.

Non era riuscito a rimettere insieme il cuore di Maya quando si era innamorata del migliore amico, Jake, e poi dell'ex di Jake, Border. Era stato costretto a farsi da parte e guardarli trovare un modo di far funzionare da soli la loro relazione inusuale ma dalle radici profonde. Non era riuscito a sistemare un bel niente per loro.

Poi c'erano Alex e Storm.

Wes strinse di nuovo il volante e chiuse gli occhi, nel tentativo di ignorare l'impulso a piangere.

Aveva deluso Alex e ne era consapevole. *Sapeva* che il fratellino aveva problemi di alcolismo ma non lo aveva aiutato abbastanza. Non si era reso conto che la situazione fosse tanto grave, ma aveva visto i segnali e non si era impegnato abbastanza. Probabilmente Alex non lo avrebbe ascoltato, gli dava retta di rado ultimamente, ma Wes non era riuscito a mettere fine alla sofferenza del fratello e Alex si era rifugiato nell'alcol.

Per quel che riguardava Storm... beh, Wes avrebbe dovuto sapere che il gemello gli nascondeva qualcosa. Forse lo sapeva e aveva ignorato i segnali, perché sarebbe stato troppo difficile vedere quel riflesso dentro di sé, ma non era sicuro. Storm aveva sofferto non solo fisicamente, ma anche nell'anima, e Wes non se ne era accorto.

Wes non lo *sapeva*.

Qualcuno dall'esterno avrebbe potuto chiedersi perché Wes sentisse il bisogno di aggiustare tutto, ma nessuno lo avrebbe capito. Di tutti i fratelli, Wes era il più... stabile. Non gli era capitato mai niente di davvero brutto. Non era stato ferito nel profondo e non aveva cicatrici che cercava di nascondere. Era solo Wes.

Stabile.

Presente.

Un aggiustatutto che non riusciva a riparare quello che ne aveva più bisogno.

Se non poteva usare la stabilità e concentrazione che aveva per aiutare la famiglia, a che serviva?

Scosse la testa per allontanare quei pensieri

profondi dal cervello. Quella sera, avrebbe compiuto azioni potenzialmente idiote e avrebbe cenato con una donna per cui non provava più niente, ma per la quale a un certo punto aveva avuto dei sentimenti. Perché voleva essere d'aiuto. *Ecco tutto*, pensò. Avrebbero cenato, Wes l'avrebbe ascoltata e poi sarebbe andato a casa. Non si sarebbe fatto incastrare in un'altra relazione con Sophia.

E non avrebbe cercato di *aggiustarla*.

Perché, evidentemente, per quanto lui si definisse un aggiustatutto, non era bravo quando si trattava di questioni importanti.

"Ma sei bravo a far girare tutto intorno a te," disse con una risata. Aveva dato il meglio di sé per tenere stabile la famiglia e restare in disparte quando poteva ma i pensieri gli correvano talmente che erano passati dall'aiutare a portar fuori la spazzatura a dargli la colpa per una malattia che non poteva guarire.

Sei sulla buona strada.

Wes controllò l'ora sul cellulare e imprecò prima di uscire dal furgone. Aveva passato dieci minuti buoni a lagnarsi ed era in ritardo. Sophia era probabilmente già al tavolo a chiedersi che fine avesse fatto. Dov'era stato? Proprio nel parcheggio, a rimuginare su faccende al di là del suo controllo. Certo, sembrava un modo fantastico per passare la serata.

Alzò gli occhi al cielo ed entrò nel ristorante, dritto verso la postazione della direttrice di sala.

"Salve, come posso aiutarla?" gli chiese una bella ragazza bionda con un gran sorriso.

"Ho prenotato per due, a nome Montgomery." Sophia aveva prenotato a nome di Wes e lui non sapeva come sentirsi al riguardo; non per il fatto che avesse prenotato, ma perché sembrava che avesse chiamato il ristorante prima che lui accettasse di andare a cena insieme. In più, lei aveva usato il nome di Wes e non il proprio, il che per lui era un po' strano.

La direttrice sorrise di nuovo. "Sì, l'altra persona è già qui. L'accompagno al tavolo."

Wes trattenne una smorfia. Odiava arrivare in ritardo e quella sera era colpa sua. *Deve essere l'ascensore*, pensò, trattenendo una risata. Che fosse a quell'appuntamento e avesse passato troppo tempo a rimuginare nel furgone significava che quell'ascensore gli aveva davvero mandato in pappa il cervello.

Sophia era seduta a un tavolo vicino alla parte anteriore del ristorante, con la testa china mentre studiava il cellulare e beveva acqua frizzante. Alzò la testa mentre Wes si avvicinava e gli rivolse un sorriso seducente, ma Wes non sentiva l'attrazione e la scintilla che aveva provato anni prima.

Per quanto Sophia potesse essere cambiata, il che era fantastico per lei, nemmeno Wes era lo stesso uomo. Voleva solo il meglio per l'ex, ma non erano fatti l'uno per l'altra. Dopo quella sera, Wes sperava che Sophia se ne sarebbe accorta.

"Wes, sei arrivato."

Lui le sorrise e si sedette. "Scusami per il ritardo." Prese il menù che il cameriere gli stava porgendo e annuì. "Grazie."

Sophia agitò la mano. "Oh, non è un problema. Stavo controllando il cellulare, ma ora che sei qui posso metterlo via. Come stai?"

"Sto bene. Com'è stata la tua giornata?"

Sophia alzò le spalle. "Questa settimana sono in ferie, ma il lavoro non ci lascia mai, vero?"

Wes si rilassò mentre parlavano di lavoro e di niente di troppo serio e ne fu grato. Quando arrivò il cameriere, ordinarono la cena e continuarono la conversazione come vecchi amici, senza la tensione crescente che derivava da un appuntamento con un possibile futuro che lo accompagnava.

"Sono felice di averti rivisto," disse Sophia quando finirono di cenare.

"Ah... ehm..." disse Wes, spaventato dalla direzione che stava prendendo la conversazione.

Sophia scosse la testa con un sorriso giocoso. "Beh, ho capito quello che avrei dovuto già sapere prima di presentarmi a casa tua. Quello che avevamo è nel passato e non sarei dovuta tornare per cercarlo di nuovo."

Wes mise giù il bicchiere d'acqua e aggrottò la fronte. "Sono d'accordo. Quello che avevamo è nel passato, ma non voglio ferirti, Sophia."

Sophia alzò le spalle. "Non mi ferisci, Wes. Credo di essere venuta qui perché *pensavo* di trovare quello che mi manca. O meglio, quello che mi mancava allora. Non sono la stessa donna che era prima, spero tu lo capisca."

"Sto cominciando a vederlo," disse lentamente ma, prima di poter continuare, sentì i peli sulla nuca rizzarsi e si voltò: Jillian stava entrando con un uomo che Wes non conosceva.

Doveva essere Clark.

Di tutti i ristoranti di Denver...

"Ah," disse Sophia con una risata.

"Che c'è?" disse Wes, mentre si voltava verso di lei.

"Oh, niente." Sulle labbra di Sophia si disegnò un altro sorriso che Wes non capì, perciò lui si voltò e vide Jillian e Clark che andavano verso di loro. Dato che c'era un tavolo vuoto accanto a quello di Wes e Sophia, Wes sapeva benissimo dove la direttrice di sala li stesse accompagnando.

Jillian sgranò gli occhi quando vide Wes e quasi inciampò. Clark le teneva un braccio intorno alla vita e sembrava aiutarla a mantenere l'equilibrio.

Wes *non* sarebbe stato geloso.

"Jillian," le disse Wes, mentre lei si sedeva con Clark. "Buffo vederti qui."

"Wesley," rispose brusca Jillian. "Non sapevo che saresti stato qui anche tu."

Sophia ridacchiò e Clark sembrò confuso.

"Sophia, Jillian. Jillian, lei è Sophia."

"Ciao," quasi sputò Jillian. "Wes, lui è Clark." Lo indicò. "Wes è il mio capo."

La postura di Clark si rilassò appena. "Ah. Piacere di conoscerti."

"Altrettanto," si inserì Sophia.

Jillian strinse gli occhi e sembrò riconoscere la voce di Sophia dalla telefonata. Oddio, come se la situazione non fosse già abbastanza imbarazzante.

"Stavamo per andre via," disse loro Wes. "Godetevi il vostro appuntamento." Aveva messo troppa enfasi sull'ultima parola? Beh, sperò di no, perché Jillian *doveva* godersi l'appuntamento.

Lui sarebbe andato a casa da solo.

Proprio come voleva.

Sophia gli rivolse uno sguardo d'intesa e Wes alzò la mano, grato al cameriere che gli portò subito il conto. Pagò rapidamente e si impegnò al massimo per restare disinvolto mentre ignorava la coppia seduta troppo vicina a lui e ascoltava Sophia parlare del suo lavoro da addetta alle vendite.

Quando si alzarono per andare via, Wes e Sophia rivolsero un cenno all'altra coppia e Clark li salutò con la mano. Jillian li guardò male prima di ricambiare il cenno e Wes portò Sophia fuori dal ristorante.

"Beh..." disse lui appena usciti, dopo che si schiarì la gola.

Sophia gettò la testa all'indietro e rise, con i morbidi riccioli castani che le ricadevano lungo la schiena. "Oh, è stato *molto* interessante."

"No, non è vero," disse lui fra i denti.

"Wes, caro, è vero eccome, ma non ti farò domande. Grazie, però, di aver accettato di uscire a cena con me. So di non essere la tua persona preferita, ma apprezzo che tu mi abbia dato il tempo di scusarmi." Si sporse in avanti e gli baciò la guancia. "Sei un brav'uomo, Wes Montgomery. Spero che un giorno tu riesca a trovare la donna giusta per te."

Wes aggrottò la fronte. "Io..." Scosse la testa, senza sapere cosa dire. "Spero che anche tu trovi quella giusta per te. Beh, la persona, l'uomo giusto, cioè."

Sophia gli rivolse un sorriso triste. "Me lo auguro anche io, ma in realtà stare sola non mi dispiace. Chi lo avrebbe detto?"

Con quelle parole, Wes la accompagnò all'auto e la salutò. Non sapeva se l'avrebbe risentita e gli stava bene. Erano cresciuti entrambi da quando erano stati insieme e a lui faceva piacere sapere che Sophia se la sarebbe cavata. Certo, non riusciva a togliersi l'ultimo commento di lei dalla testa.

Anche lui era solo, dopo tutto.

Però non sapeva se accettarlo. Eppure non sapeva come cambiare la situazione.

Capitolo otto

Il giorno successivo, Jillian era appoggiata al piano della cucina a sorseggiare tè freddo. Aveva il giorno libero, per cui invece di andare a divertirsi come avrebbe dovuto, aveva pulito casa da cima a fondo, persino i battiscopa e le finestre: le facevano male i muscoli e aveva finito i detersivi.

Quando era stressata o preoccupata, Jillian puliva o lavorava. Dato che stava lavorando per un'azienda a cui importava degli operai e degli straordinari, non poteva aggiungere altre ore di lavoro, per cui si mise a pulire.

Tanto.

A Jillian non era rimasto niente da sbrigare per il resto della giornata per non pensare a quello che era successo il giorno prima.

Per fortuna, prima di precipitare in un'altra spirale di pensieri, le squillò il telefono. Sorrise quando vide chi era, anche se le accelerò il battito. Succedeva ogni volta che vedeva il nome del padre sullo schermo. Per quanto le avesse sempre telefonato per vedere come stesse o solo per parlare della giornata, in quel periodo la chiamava più spesso, anche se non diceva mai perché.

Lo sapevano entrambi, però.

"Ehi, papà. Come stai?"

"Sai, una volta rispondevi al telefono in un altro modo, senza chiedermi come sto." Suo padre fece una pausa e Jillian si morse il labbro: non voleva dire qualcosa che l'avrebbe turbato. "Mi mancano quei giorni, ma sono felice di avere una figlia che mi vuole tanto bene."

Ecco. Jillian non avrebbe più potuto trattenere le lacrime.

"Non piangere," sussurrò il padre.

"Non sto piangendo," disse lei con un singhiozzo. "Niente lacrime," mentì. Si schiarì la gola e diede il meglio di sé per allontanare i cattivi pensieri che le continuavano a strisciare in testa. "Davvero, come stai?"

Il padre di Jillian ridacchiò e lei non poté fare a meno di sorridere a quel suono familiare. "Sto bene.

Sono felice." Fece una pausa e lei si asciugò le altre lacrime. "Gelatina, sono *felice*. Oggi è stata una buona giornata e ho intenzione di averne molte altre. È passato Roger e siamo andati a fare una passeggiata come vuole il dottore. Più tardi verrà a cena con la moglie Suzanne. Ha preparato lo stufato e vuole mangiare fuori."

Risero entrambi.

"Mangiare fuori significa cucinare a casa propria e mangiare dal vicino?" chiese Jillian, per prenderlo in giro.

"Non ho intenzione di contraddirla se significa che avrò lo stufato. Hai mangiato le prelibatezze di Suzanne quando eri piccola. Ricordi?"

Jillian annuì, poi ricordò che lui non poteva vederla. "Sì, e da quello che ricordo abbondavano in grassi e calorie."

"Beh, adesso non rovinarmi la serata. Mi preparo un'insalata di contorno, se ti rende felice."

Jillian rise perché *sapeva* che l'insalata sarebbe rimasta da parte tutta la sera e forse solo piluccata. Era impossibile che della lattuga e forse un pomodoro a fette (se suo padre si sentiva esuberante) potessero competere con lo stufato di Suzanne. Ovviamente, a Jillian venne fame, ma sapeva di non poter mangiare niente del genere se voleva riuscire a mettersi gli abiti da lavoro quella settimana.

"Sono felice che tu abbia degli impegni."

"E tu? Hai avuto un appuntamento rovente con quel Clark? Quando lo incontrerò?"

Jillian trattenne un lamento. Perché aveva parlato di Clark a suo padre? L'aveva punzecchiata riguardo alla sua vita sentimentale e un paio di settimane prima lei gli aveva parlato del secondo appuntamento con Clark. Aveva agito in quel modo solo per sfuggire all'attenzione del padre e in quel momento se ne pentiva.

"Nessun impegno, tranne forse un bagno caldo. Mi dispiace deluderti."

"E Clark?" insisté suo padre.

Quella volta le scappò un lamento. "Non mi vedo più con Clark." Ecco. Onesta e dritta al punto.

Certo, suo padre non lasciò che lei si fermasse lì. "Cos'è successo? Ti ha fatto del male? Vuoi che lo prenda a calci?"

Quella era una delle tante ragioni per cui Jillian amava tanto il padre, anche se a volte voleva strozzarlo come ogni buona figlia. "Non mi ha fatto del male, papà. Non funzionavamo. Era un bravo ragazzo ma... beh... non era per me."

Suo padre sospirò. "Mi dispiace, Gelatina. Voglio che tu sia felice."

Jillian passò il dito sul motivo del piano di lavoro di granito e alzò le spalle anche se il padre non poteva vederla. "*Sono* felice." Era vero, ma non avrebbe mentito dicendo che non si sentiva sola.

"E se ti dicessi che voglio che tu sia felice *con* qualcuno?"

"Non smetterò completamente di frequentare uomini. Semplicemente non vedrò più Clark." L'appuntamento della sera prima non era stato male, ma Jillian non era riuscita a concentrarsi su quella conversazione piacevole dopo che Wes e Sophia erano andati via. Era solo riuscita a immaginare come quei due avrebbero continuato la serata. Da soli. Insieme. Sudati e perfetti l'uno per l'altra.

Jillian sapeva di non essere sciatta in confronto a Sophia, ma in quel momento ci si sentiva, eccome. Sophia era tutta curve e sofisticata con quella voce sensuale e roca, mentre Jillian era tutta linee e imbarazzo. Certo, poteva essere sexy quando le andava, ma appena aveva visto Wes con un'altra donna si era sentita talmente poco sexy che non riusciva nemmeno a riderne.

Sì, si era resa conto che era a cena con un altro

ed era stata un po', o meglio, *tanto* gelosa, dell'accompagnatrice di Wes.

Era stato in quel momento che si era resa conto di non poter illudere Clark. Era dolce, aveva un bel lavoro e un futuro davanti, ma non le faceva girare la testa... non le faceva venire voglia di saltargli addosso ogni volta che lo vedeva. Non era giusto per nessuno se Jillian aveva un altro uomo in mente. Un altro uomo che, apparentemente, aveva un'altra donna.

Jillian trattenne un altro sospiro.

Ovviamente, Jillian voleva un uomo che voleva un'altra donna. Sembrava andare sempre così con lei, soprattutto se si trattava di un Montgomery.

"Ci sei?"

Jillian scosse la testa per schiarirsi le idee. "Scusa, inseguivo il filo dei miei pensieri. A proposito di fili, mi metto a lavorare a maglia, così Meghan vedrà dei progressi. Adrienne mi ha già battuta e sai come mi sento quando perdo."

"Sei mia figlia, dopo tutto," disse suo padre con una risata. "Sono impaziente di vedere cosa realizzerai per me. Vatti a divertire, piccola. Ti voglio bene."

"Ti voglio bene anche io, papà." Conclusero la chiamata e Jillian si appoggiò al piano della cucina, con quella sensazione familiare di solitudine che le calava addosso. "Beh, diamine." Odiava davvero quell'autocommiserazione: doveva superarla e andare avanti con la propria vita.

A tal proposito, mise via la bottiglia rimasta di detersivo, scrisse la lista della spesa per il giorno dopo, dato che le serviva altro oltre ai detersivi per la settimana, prese una bottiglia d'acqua dal frigorifero e l'ultima mela che le rimaneva e si sedette sul divano per lavorare a maglia.

Le mancava solo un gatto e sarebbe stata il ritratto della zitella secondo i media. Per quanto Jillian volesse davvero un gattino o un gatto adulto da amare e di cui occuparsi, non era a casa abbastanza tempo per offrire una nuova vita a un cucciolo. Forse avrebbe usato parte delle ferie, se e quando avrebbe preso un cucciolo, per stare del tempo con lui.

Sì, le sembrava l'idea giusta. Prendersi le ferie per stare a casa con un gatto. Che vita emozionante che aveva.

Jillian accese la TV per vedere che programmi c'erano e finì per lasciarla su un vecchio film di James Bond. Un uomo sexy con un completo elegante che combatteva i cattivi con un sorrisetto sulle labbra non era un brutto modo di passare la serata. Mise giù il telecomando e riprese il lavoro a maglia, nel tentativo di ricordare dove fosse rimasta con la sciarpa. Stava facendo solo un tipo di punto e stava attentissima a non saltarne nessuno. Ovviamente, la parte più difficile per lei fino a quel punto era stata avviare la maglia e Meghan l'aveva aiutata. Jillian non era sicura di riuscire a farlo da sola quando sarebbe arrivato il momento.

Mentre il film andava avanti, Jillian alzò gli occhi di tanto in tanto dal progetto ma, dato che doveva guardarsi le mani per progredire nella carriera da tessitrice, non prestava molta attenzione alla trama. Per cui, in pratica, guardava la televisione solo per vedere un uomo sexy con un completo e una camicia eleganti.

Chi le ricordava? C'era solo un'altra persona che le veniva in mente che indossava una camicia del genere e aveva quei muscoli e quel sorrisetto.

Quel dannato Wes Montgomery.

Aggrottò le sopracciglia, mise giù il lavoro a maglia e prese la bottiglia dell'acqua: aveva la gola improvvisamente secca mentre pensava a Wes e tutti quei dannati muscoli. Certo, la gola non era l'unica parte di lei in allerta al pensiero di Wes e di com'era stato toccarlo.

Emise un sospiro tremante e mise giù l'acqua, la

mente lontana dal film o dal lavoro a maglia, ma concentrata su qualcosa, *qualcuno*, a cui non avrebbe dovuto pensare. Le si irrigidirono i capezzoli e si sentiva i seni pesanti. Il sesso le pulsava dolorosamente.

"Dannazione," ringhiò e si alzò rapidamente dal divano per dirigersi a passo pesante verso la camera da letto. Beh, era sola evidentemente, dannatamente eccitata e aveva solo una fissa in testa: tanto valeva cedere alla tentazione, nonostante fosse sicuramente una *pessima* idea.

Jillian aprì il cassetto del comodino e guardò i pezzi della collezione, mentre si chiedeva quale sarebbe stato più adatto allo scopo per quella sera. Si morse il labbro e alla fine prese il dildo di silicone che le piaceva tanto, insieme al vibratore a corrente che le dava sensazioni fantastiche al clitoride.

Se doveva comportarsi male, tanto valeva andare fino in fondo.

Avrebbe potuto accendere delle candele e mettere su un po' di musica per addolcire l'atmosfera, ma Jillian non voleva niente di dolce in quel momento. Invece si spogliò e ruotò il collo sulle spalle. Le faceva male tutto e sapeva che, se non fosse venuta in fretta, sarebbe stata nervosa tutta la sera. Insaziabile, anche se era da sola, si chinò e prese le pinze per i capezzoli dal cassetto. Erano quelle piccole che giravano intorno alla punta e che certe volte indossava sotto il reggiseno, perché le piaceva la sensazione e non aveva ancora avuto il coraggio di farcisi dei piercing. Forse alla fine sarebbe andata dalla Montgomery Ink e si sarebbe fatta mettere dei cerchietti permanenti, ma per il momento le pinze sarebbero andate bene.

Le fece scivolare lentamente sui capezzoli e le strinse, con il bruciore che le mandava ondate fino al clitoride. Deglutì rumorosamente, già bagnata, *vogliosa*. Sistemò rapidamente il resto e attaccò il vibratore alla presa.

Si sistemò al centro del letto, prese il lubrificante e si mise una mano fra le gambe. Era già calda e bagnata solo all'idea di quello che l'aspettava.

Si stuzzicò lentamente con le dita, disegnando cerchietti intorno al clitoride mentre il respiro le diventava sempre più veloce. Le vennero in mente immagini di Wes che le metteva la testa fra le gambe, mentre lei gli passava le dita fra i capelli scuri. L'avrebbe leccata e succhiata, avrebbe usato quella lingua talentuosa su di lei finché Jillian non gli sarebbe venuta in faccia.

Mise il vibratore al minimo e lo poggiò vicino al clitoride ma non direttamente sopra, così sarebbe salita lentamente verso l'apice. Lo strumento emetteva un ronzio basso e Jillian inspirò, con le vibrazioni che la scuotevano ma non erano abbastanza forti da farla venire.

Immaginò Wes sopra di lei, a tirarle i capezzoli come facevano le pinze, allora inarcò la schiena e allargò le gambe. Aveva ancora gli occhi chiusi e cercò il dildo, si leccò le labbra prima di aprire gli occhi e lubrificarlo. Non era troppo grosso, era di dimensioni decenti ma, anche se Jillian era bagnata e quasi pronta a venire, conosceva il proprio corpo.

Mentre si infilava lentamente il dildo dentro, gemette e l'idea che il membro lungo e grosso fosse Wes e non un oggetto inanimato quasi la fece venire. Prese di nuovo il vibratore e quella volta lo mise direttamente sopra il clitoride a un'intensità leggermente superiore, e i fianchi le schizzarono su dal letto, le sensazioni erano troppo. Venne con forza, tutta tremante mentre immaginava Wes che la portava all'orgasmo dopo la prima spinta. Poi abbassò i fianchi, tenne l'estremità del dildo e lo fece entrare e uscire lentamente, mentre immaginava Wes che spingeva con i fianchi lentamente e lasciava che l'onda li investisse di nuovo entrambi.

Jillian era quasi di nuovo all'apice quando le venne in mente l'improvvisa immagine di Wes che la metteva a quattro zampe. Consapevole di non avere molto tempo prima di venire di nuovo, si voltò, risistemò il vibratore e continuò a far andare avanti e indietro il dildo. In quella posizione non era semplice, ma lo sforzo la eccitò ancora di più. Aveva i capezzoli e il viso premuti contro il materasso, ansimava, sempre più vicina. Appena immaginò le mani di Wes stringerle di più sui fianchi mentre sbatteva dentro di lei, Jillian venne di nuovo e lasciò andare tutto quello che aveva in mano. Urlò mentre ansimava, il corpo squassato da brividi di freddo e vampate di calore, con un orgasmo più forte del precedente.

Presto, si ritrovò sdraiata sulla pancia; aveva il dildo che pulsava ancora nella carne sensibile e il vibratore che le ronzava piano vicino al fianco, facendo tremare il materasso.

"Beh," mormorò tra sé, mentre si sentiva le ossa di gelatina. Cercò l'interruttore ed estrasse lentamente il dildo, mentre immaginava di nuovo Wes che lo faceva per lei mentre la ripuliva. Purtroppo, era sola e doveva pulire tutto per conto proprio.

Sentì il sangue tornarle ai capezzoli quando tolse le pinze e si leccò le dita prima di strofinarli. Non era come la bocca di un uomo, ma purtroppo sapeva come sbrigare da sola quello che le serviva. Ripulì tutto e andò a farsi una doccia, decisa a non sentirsi in colpa per quegli orgasmi.

Non c'è niente di male in una piccola fantasia, si mentì.

Wes era il suo capo, il gemello del suo ex, diamine. Lei e Wes avevano deciso di non affrontare l'attrazione che bruciava tra loro e Jillian doveva ficcarselo in testa. Avere due orgasmi pazzeschi pensando a lui avrebbe solo confuso tutto quando l'avrebbe rivisto al lavoro.

In più, probabilmente Wes stava passando la serata con Sophia e pensare a lui in quel modo era sbagliato.

L'idea di lui e dell'altra insieme fu una secchiata d'acqua fredda e Jillian uscì subito dalla doccia; indossò dei pantaloncini comodi e una canottiera senza reggiseno.

Non avrebbe più pensato a Wes Montgomery. Mai più.

Ovviamente, appena le squillò il cellulare in camera da letto, Jillian *sapeva già* chi fosse. Perché la sua vita faceva schifo.

"Pronto?" Sembrava che fosse appena venuta pensando a lui mentre faceva porcate da sola? Jillian sperava di no.

"Ehi, Jillian. Stavo controllando dei documenti e

avevo una domanda. Però ora che ci penso mi rendo conto che è il fine settimana e probabilmente stai per uscire... a differenza mia. Ti lascio andare."

"No, no, sono a casa anche io. Anche se mi sorprende che tu non sia con Sophia." Jillian fece una smorfia. Non poteva essere più diretta.

Wes si schiarì la gola. "Sophia è una vecchia amica." Il modo in cui disse *amica* le fece pensare che dietro ci fosse dell'altro, ma non disse nulla. "Era in città per un po' e voleva vedermi, ma non siamo... cioè.... non c'è niente..."

"Non devi darmi spiegazioni," disse Jillian rapidamente, mentre ignorava il sollievo alle parole di Wes. *Diamine, ormoni, datevi una calmata.*

"Ah, ok. Beh, credo di essere sorpreso anch'io che tu non sia con Clark stasera?"

L'aveva posta come una domanda, anche se non lo era davvero e, dato che entrambi quella sera si comportavano da idioti, Jillian gli rispose. "Non mi vedo più con Clark."

"Ah." Pausa. "Ne vuoi parlare?"

Jillian rise. "Per niente. Che ne dici di parlarmi di quei documenti?" Ecco. Professionale, vero?

"Beh, se sei sicura che non vuoi parlare di Clark."

" Non voglio parlare di Clark, *davvero*."

"Ok, va bene." Wes rise e quel suono andò dritto

all'anima di Jillian. Diamine, ma perché? Jillian *non poteva* starsi innamorando di Wes né avrebbe potuto provare quei formicolii che non aveva mai sentito per Storm. "Che stavi facendo prima che ti chiamassi?"

Jillian arrossì da capo a piedi. *Non* glielo avrebbe mai detto. Mai. "Lavoravo a maglia."

Wes rise di nuovo. "Ah, giusto. Meghan ha detto che stava insegnando a te e Adrianne. È già venuto fuori qualcosa di bello?"

Jillian andò il salotto e si sedette sul divano, felice di aver spento la televisione prima di andare in camera, e riprese il progetto. "Per niente," ripeté. "Credo di avere un ottavo di sciarpa, ma è un po' storta."

"Non ho mai avuto la pazienza per lavorare a maglia," disse Wes, e Jillian fu sorpresa.

"Lavori a maglia?"

"Ehi, guarda che anche i maschi lavorano a maglia."

"Certo che sì, ma tu? Non ti ci vedo." Ovviamente, appena iniziò a immaginarselo mentre si concentrava su quella sciarpa Jillian non riuscì a trattenersi dal sorridere.

"Sì, ci ho provato per un po' per far felice mamma, ma sono troppo perfezionista. Alex e

Griffin erano più bravi di me, ma non credo che ci dedichino ancora del tempo. Austin era il più bravo, adesso che ci penso. Quelle sue manone si muovono con grazia sorprendente."

"Beh, è un artista, d'altronde." Jillian non conosceva quel dettaglio dei Montgomery e in quel momento rispettò ancora di più la matriarca del clan.

"Vero, anche se lo è anche Storm secondo me, e lui non ha mai imparato."

Era strano che nominare un uomo tanto importante per entrambi non dava a Jillian lo stesso imbarazzo di quando Wes aveva parlato di lui in passato. Jillian non sapeva cosa pensare, ma doveva pur avere un significato.

"Beh, io non sono molto brava. Purtroppo, non so se finirò questo progetto. È piuttosto brutto."

"Continua," insisté Wes. "Ho sempre rimpianto di non aver finito il mio."

A Jillian venne un'idea buffa. "Ho una proposta: io finisco il mio se tu cerchi di iniziarne uno."

Wes rimase in silenzio tanto a lungo che Jillian temette di essersi allontanata troppo dalla loro relazione antagonistica. Non capiva cosa le fosse preso, ma sapeva di non potersi trattenere.

"Affare fatto," disse Wes dopo un po'. "Ma forse dovrai aiutarmi."

Jillian giocherellò con un gomitolo di lana vicino a lei. "Faresti meglio a chiedere a Meghan."

"Vero, ma non voglio farle vedere quanto sono negato. Che ne dici?"

Jillian sospirò. "Ok."

"Ok."

La conversazione passò al lavoro, Jillian però sapeva che qualcosa tra loro era cambiato. Non sapeva cosa, ma aveva la sensazione che non si potesse tornare indietro.

La domanda era... voleva ritornare sui propri passi?

Per quello, non aveva risposta.

Capitolo nove

Il lunedì successivo Wes osservò i progressi in libreria e non poté fare a meno di sorridere per quanto fossero andati avanti in tanto poco tempo. Il negozio era stato sventrato dopo l'incendio e lui sapeva che Everly aveva perso la merce che non era nell'unico armadietto sul retro che non aveva riportato danni. L'assicurazione avrebbe coperto il grosso, ma Everly non avrebbe riavuto indietro i ricordi.

Decker era a capo del cantiere con Storm che supervisionava più del solito, dato che era il negozio della fidanzata, ma Wes ci andava spesso per vedere come stavano andando i lavori. Per lui era importante restare al corrente di ogni cantiere, non solo di quelli che dirigeva.

"Hai visto i pavimenti che ha scelto Everly?"

chiese Decker, mentre raggiungeva da Wes. "Non abbiamo potuto salvare niente del parquet o dello strato inferiore, per cui dobbiamo ricominciare da zero, ma le assi larghe che ha scelto staranno bene qui dentro."

Wes annuì. "Sì, era talmente euforica che mi ha mandato il link ai campioni che ha scelto." Sorrise. "Questo posto farà faville quando avremo finito." In quel momento Everly era disoccupata e aveva due figli che avevano bisogno dell'assicurazione medica, per cui stavano facendo più in fretta possibile per rendere il negozio operativo. Wes era piuttosto certo che, se non fossero stati nei tempi, Storm avrebbe anticipato la data del matrimonio, in modo da non arrivare alle scadenze con le compagnie assicurative. Per fortuna, tutto stava filando liscio, non che Wes avesse mai osato dirlo ad alta voce. Non avrebbe tentato la sorte, non con la fortuna che aveva la sua famiglia di recente.

"Come va con il magazzino?"

Ovviamente, appena Decker glielo chiese, nella testa di Wes spuntarono immagini di Jillian e lui diede il meglio di sé per nascondere la reazione a quei pensieri. Il fatto che non avesse reagito aggrottando la fronte ma in modo... *diverso* lo infastidiva e intrigava. Quando Jillian era diventata qualcuno con cui scherzare e a cui promettere che anche lui avrebbe lavorato a maglia? Quando Wes aveva iniziato a desiderarla, invece di pensare a lei come alla donna che tratteneva il fratello?

Wes aveva sbagliato a pensare che Storm non avesse trovato la felicità per colpa di Jillian e non se lo sarebbe mai perdonato, ma pensava ancora che Jillian fosse una spina nel fianco. Un po' quello che pensava lei di lui.

Tuttavia si erano baciati.

Avevano flirtato.

Avevano... parlato.

Quando parlavano, Jillian lo faceva sorridere.

Quando diamine era successo?

"Terra chiama Wes. Stai bene?"

Wes sbatté le palpebre e scosse la testa.

"Cosa c'è?" gli chiese Decker.

"Cosa? Oh no, stavo scuotendo la testa per schiarirmi le idee, non per dire di no. Scusa, ehm, qual era la domanda?"

Decker sollevò un sopracciglio. "Ok, se non vuoi dirmi perché ti comporti in modo strano, vuol dire che ti scatenerò contro Miranda più tardi."

Wes sgranò gli occhi e alzò le mani in segno di resa. "Per l'amore di tutto quello che c'è di buono al mondo, ti prego, risparmiami. Sai come si comporta Miranda."

"Sì, beh, stai parlando di mia moglie, bada a quello che dici," rispose Decker.

"Ed è mia *sorella*," ringhiò Wes.

Si guardarono male a vicenda ma poi scoppiarono a ridere. "Ok, allora, Montgomery," disse Decker con un sorriso. L'uomo era cresciuto con i Montgomery ed era praticamente uno di loro. Quando aveva sposato Miranda, era stato lui a prendere il cognome di lei invece del contrario, e Wes non ne era stato entusiasta. Era sicuro che, se i suoi genitori avessero potuto, avrebbero adottato Decker anni prima; anche se, ripensandoci, era stato meglio così, perché sarebbe stato strano quando Decker e Miranda avrebbero voluto sposarsi. Tra di loro c'era sempre stato più di un sentimento fraterno.

"Comunque, mi stavi chiedendo del magazzino?" Decker annuì. "Sta andando bene. La squadra ha finito con la demolizione, grazie al cielo e siamo a buon punto con la tabella di marcia."

"Buono a sapersi. Non riesco a credere a quanto sia esteso quel progetto."

"Sì, è il più grande che abbiamo mai avuto. Spero che non combiniamo disastri." Quella era una paura che aveva sempre. Non poteva farci niente, era più forte di lui. "Non credo che succederà, perché, sai, siamo la Montgomery Inc. e spacchiamo culi, ma la pressione è tanta."

"La pressione ci incoraggia, no?" chiese Decker con un sorriso. "Ok, devo tornare al lavoro ma volevo prima vedere come stessi. Ti serve qualcosa?"

Wes scosse la testa. "Devo andare in ufficio e pianificare l'agenda dei prossimi giorni con Tabby, dato che ho passato molto tempo fuori per la demolizione del magazzino. Vuoi che porti qualcosa in ufficio?"

"No, grazie. Ho passato addirittura trenta minuti alla scrivania questa mattina."

Risero entrambi. Decker odiava stare dietro la scrivania se poteva lavorare ma, vista la posizione che ricopriva, gli serviva un posto dove sbrigare documenti e altro. La maggior parte di coloro che erano in una posizione di prestigio avevano una scrivania nell'ufficio condiviso, ma era raro vederli lì tutti insieme. Di solito succedeva solo quando il tempo era davvero brutto e non si poteva andare in cantiere.

Wes parlò con alcuni degli operai per vedere come andassero i lavori, ma non li trattenne a lungo perché non voleva distrarli né dare l'impressione di supervisionare ogni loro mossa. Aveva sempre odiato quando il padre restava a guardarlo mentre alzava muri in cartongesso. Sì, il padre voleva solo supervisionare o vedere se a Wes servisse qualcosa, ma lui si era sempre sentito a disagio, sia come figlio che come operaio.

Salutò con un cenno gli operai e uscì dall'ingresso posteriore. Quello principale era ancora chiuso al pubblico ed era più facile per Wes entrare e uscire in quel modo. Doveva ancora andare in ufficio come aveva detto ma, con un'occhiata all'orologio, si rese conto di essere improvvisamente molto affamato. Il Taboo non era molto lontano: era il locale preferito della famiglia, di proprietà e gestione di un'amica; casualmente il bar condivideva una porta con la Montgomery Ink.. Pensò di fermarsi lì per pranzo, prima di andare al negozio di tatuaggi per salutare Austin, Maya e gli altri prima di andare in ufficio. Aveva con sé il tablet, quindi avrebbe comunque lavorato tutto il tempo.

Wes mandò un messaggio a Tabby per dirle che programmi avesse, poi andò nella stradina laterale che lo avrebbe portato più velocemente alla strada principale. Si mise il telefono in tasca e strinse la cinghia della borsa piena e iniziò a fischiettare.

Quasi non sentì dei tipi arrivargli alle spalle finché non furono troppo vicini. Wes si girò e un pugno lo prese dritto alla mascella, poi barcollò all'indietro.

"Che diamine?" Schivò il secondo pugno, ma erano in troppi per lui, tre contro uno, e avevano bloccato le uscite.

"Dov'è?" ringhiò il più grosso.

Wes non aveva idea di cosa volessero, ma non ebbe il tempo di pensarci. Gli si gettarono di nuovo addosso e passarono ai calci. Wes cercò di difendersi, ma riuscì solo a colpirne uno alla guancia prima di finire a terra. Si coprì la testa e cercò di chiamare aiuto, poi urlò quando uno dei tre gli pestò una mano.

Si sentì uno scricchiolio e poi un altro tizio gli diede un pugno in testa tanto forte che Wes poté solo sbattere le palpebre prima di chiudere gli occhi e svenire. Rapidamente.

L'ultimo suono che sentì fu uno degli uomini ringhiare un'altra volta: "Dov'è?"

Dov'era cosa?

Poi più niente.

Wes aprì gli occhi ed emise un lamento per la luce bianca e accecante sopra di lui. Abbassò rapidamente le palpebre e pregò che quel mal di testa lancinante se ne andasse, così avrebbe potuto dormire. Perché gli faceva tanto male la testa? Aveva bevuto troppo la sera prima?

Poi gli tornò tutto in mente con un colpo al petto e inspirò. Era stato aggredito. Aveva cercato di difendersi, ma non era un bravo lottatore; in più, quei tizi erano troppi e troppo muscolosi per lui.

"Wes? Vai a chiamare l'infermiera. Credo si stia svegliando."

La voce di Storm gli fece riaprire gli occhi e Wes tossì.

"Merda, mi hai spaventato a morte. *Ci* hai spaventati. Miranda è andata a chiamare l'infermiera. Siamo stati da te a turno, dato che siamo in tanti, talmente tanti che abbiamo cominciato a preoccupare lo staff, per cui stiamo cercando di fare silenzio nella nostra sala d'attesa." Il suo gemello ridacchiò. "La *nostra* sala d'attesa. Diamine, Wes, dobbiamo smetterla."

Wes sbatté le palpebre qualche altra volta prima di strizzare gli occhi al gemello. Storm non farneticava mai in quel modo, quindi Wes doveva averlo davvero spaventato. "A me sembra che sia stato tu l'ultimo in un letto d'ospedale."

Storm scosse la testa. "E speravo di essere l'ultimo anche a entrare in questi corridoi." Sospirò. "Beh, tecnicamente siamo in un ospedale diverso questa volta, dato che ti hanno trovato in centro invece che vicino a dove viviamo."

"Cos'è successo?" chiese Wes, indolenzito. "Perché mi sento così male?"

"Beh, è questo il punto. Non sappiamo cosa sia successo. Decker ti ha trovato nel vicolo, sanguinante, pesto e svenuto. Non ti ha spostato dato che non sembravi messo bene, o almeno è ciò che ha detto." Storm esalò un sospiro tremulo.

"Come sapeva dove trovarmi?" Wes sentì il battito accelerare e si impegnò al massimo per non abbassare lo sguardo. Provava dolore ovunque e pensò proprio di avere un osso o due rotti, ma sapeva che, se avesse guardato giù, gli avrebbe fatto ancora più male. Andava sempre così quando era piccolo e si sbucciava le ginocchia e pensò che quella doveva essere una sbucciatura bella grossa.

"Quando non ti sei fatto vedere e non hai risposto al telefono, Tabby ha chiamato Decker. Ha chiamato anche Hailey, Maya e Austin, perché non era un comportamento da te." Storm si schiarì la voce. "Dio, Wes. Cosa cazzo è successo?"

Wes cominciò a scuotere la testa, poi ci ripensò. "Non lo so. Mi hanno aggredito."

"Cazzo. Sono felice che starai bene, perché *starai* bene, dannazione. Presto arriverà la polizia per parlare con te, ma li terremo lontani per quanto possibile." Il fratello deglutì rumorosamente quando entrarono l'infermiera e Miranda subito dietro di lei. "Ti voglio bene."

Wes doveva essere in condizioni pietose se Storm diventava sentimentale. Tutti i Montgomery si abbracciavano e si dicevano di volersi bene, ma Storm di solito era un po' più riservato quando si trattava di esprimere sentimenti. Era più bravo a dimostrare quello che provava, persino dopo essersi innamorato di Everly.

"Ti voglio bene anche io."

"Wes," sussurrò Miranda, con le lacrime che le scorrevano sulle guance. "Parlerò con gli altri mentre l'infermiera ti controlla. Ti voglio bene, fratellone. Non mi piace vederti qui."

"Ti voglio bene anche io, sorellina."

Storm le mise un braccio intorno alle spalle e la portò fuori dalla stanza, perciò Wes rimase con tre infermiere e il personale. La porta si chiuse alle loro spalle e si riaprì, ed entrò nella stanza la persona che Wes immaginò fosse il medico.

Era una donna anziana dal viso gentile e mani forti, aspetto di cui Wes era grato considerato che era in ospedale dopo un'aggressione.

"Beh, signor Montgomery, è bello vederla sveglio.

Che ne dice di raccontarmi come si sente mentre le controllo l'entità delle ferite?" Wes apprezzò il tono serio dato che stava cominciando a dare di matto riguardo alle condizioni in cui stava.

La dottoressa lo esaminò e si assicurò che Wes ricordasse come si chiamasse, prima di allontanarsi e battere la penna sulla cartelletta.

"Ok, signor Montgomery..."

"Mi chiami Wes."

La dottoressa sorrise, un sorriso rapido che però lo rilassò. "Ok, Wes. La sua situazione è questa: ha contusioni multiple e lacerazioni a gambe, braccia e viso. Deduco siano dovute a pugni e calci. Ha anche una contusione a due costole, una lieve commozione cerebrale e una mano molto slogata, ma si riprenderà. Non solo il polso, ma tutta la mano. Ci vorrà un po' perché guarisca e sono piuttosto sicura che a un certo punto finirà col desiderare che sia rotta e non solo slogata, ma stia tranquillo, si riprenderà."

Wes sospirò e guardò in basso. Come si aspettava, il dolore lo colpì in pieno, ma sapere di non essere ferito in modo *troppo* grave lo fece sentire un po' meglio.

Fece una smorfia quando mosse per sbaglio la mano sinistra.

Una *piccola* smorfia.

"La sua famiglia ha detto che è destrorso, per cui per lo meno può lavorare in ufficio. Non sollevi niente e non faccia sforzi per un po'. So che lavora nel campo edile ma, stando a quello che ha detto la sua famiglia, può farsi da parte e supervisionare per un po' mentre guarisce."

"Sarà uno schifo."

Il medico rise. "Vero. Per me è lo stesso quando voglio essere nel pieno dell'azione, ma dovrà ascoltarmi se vuole guarire a una velocità ragionevole e non giocarsi la mano. Capito?"

Wes annuì, fece una smorfia, poi disse: "Sì, signora."

Sia il medico che le infermiere gli diedero un'ultima occhiata prima di lasciarlo solo, con la promessa che il resto della famiglia sarebbe entrato presto. Prima che Wes avesse la possibilità di chiudere gli occhi e riposare la testa dolorante, i parenti entrarono a coppie, ognuno di loro voleva stargli vicino e assicurarsi che stesse bene. Mancava solo Jake, dato che aveva a casa tutti i bambini insieme ai fratelli e alle mogli, dato che non ce l'avrebbe mai fatta da solo.

Dopo che Storm ed Everly se ne andarono, Wes stava per riposarsi gli occhi, quando la porta si riaprì ed entrò Jillian. Lui si immobilizzò e sgranò gli occhi.

"Jilli."

Lei gli rivolse un sorriso triste, ferma nel vano della porta. "Io... sono venuta con Everly, eravamo a pranzo quando lo abbiamo saputo. Volevo essere sicura che passassi del tempo con la tua famiglia prima del mio arrivo. Posso andare, se vuoi riposare, però."

"Vieni qui."

Jillian deglutì rumorosamente, con il volto pallido incorniciato dai lunghi capelli castani. Poi gli si avvicinò e si sedette sulla sedia che gli altri gli avevano messo a destra del letto per poter vedere meglio Wes.

"Mi dispiace così tanto," disse lei, e gli strinse la mano.

"Perché ti dispiace? Non mi hai aggredito tu."

Jillian ridacchiò. "No. Ma mi dispiace che tu sia rimasto ferito. Fa paura vederti così."

Wes capì. "Stai pensando a tuo padre. Sta bene, Jillian. Vero? Cioè, Le costole gli sono guarite dopo la caduta?"

Jillian strinse le labbra e Wes pensò che si sarebbe messa a piangere, ma poi sembrò riprendersi. "Sta bene. Ero più preoccupata per te, però.

Non mi piace vederti così. Come farai a lavorare a maglia, ora che non puoi usare la mano sinistra?"

Wes trattenne le risa, gli facevano davvero male le costole. "Era tutto parte del piano."

Jillian alzò gli occhi al cielo con un sorriso, anche se era ancora preoccupata. "Avresti potuto tirarti indietro. Non c'era bisogno di farti pestare."

"O tutto o niente, giusto?"

Si guardarono in un silenzio imbarazzato, le mani strette. Wes non sapeva perché fossero così l'uno con l'altra. Erano a malapena amici, anche se lui sapeva che erano sulla strada verso qualcosa di più, ma non c'erano ancora arrivati.

Indipendentemente da quello che stava succedendo fra loro, c'era una certezza che Wes *aveva*. "Sono felice che tu sia qui."

Il viso di Jillian si addolcì. "Sono felice che tu sia felice. Ma promettimi che farai più attenzione."

"Farò del mio meglio." Rimasero lì per un bel po' prima che due poliziotti entrassero nella stanza per fare delle domande a Wes. Dato che con loro c'erano Austin e il padre, Jillian lasciò andare la mano di Wes e si alzò.

"Guarisci presto, Wes. Possiamo cavarcela con il magazzino." Jillian andò alla porta e Wes la seguì con lo sguardo.

"Ci proverò," disse Wes con onestà e con la consapevolezza che sarebbe stato difficile non voler essere d'aiuto. Ma non c'era altro da dire, perché lei lo aveva lasciato sul letto, indolenzito, con la mente e l'anima sofferenti. Wes aveva subito più di uno shock quel giorno e non aveva idea di cosa volesse dire.

"Signor Montgomery? Crede di poterci dire cos'è successo?"

Wes si voltò verso gli altri presenti e cercò di concentrarsi su di loro invece che sulla questione con Jillian. Si ripromise che avrebbe trovato tempo per quello più tardi.

Come avrebbe agito quando sarebbe stato il momento? Beh, non lo sapeva.

Capitolo dieci

Jillian batté il piede sul pavimento e scoccò un'occhiataccia al padre. Lui leccò il cucchiaio e fece andare su e giù le sopracciglia prima di mangiare dell'altro gelato.

"Papà..."

"Scusami, non ti sento. Sono troppo impegnato a sbavare su tutto questo ben di Dio." Ne mangiò ancora e gemette di goduria. Jillian diede il meglio di sé per non ridere dello sguardo di pura beatitudine sul volto del padre, ma non ci riuscì. Era *felicissimo* di mangiare il gelato che gli era stato confiscato.

"Il dottore ha detto che devi fare attenzione agli zuccheri."

"Lo so. C'ero anche io, ricordi?" Mise il cucchiaino nel lavandino e andò a riporre il contenitore in freezer. Per evitargli di piegarsi e tirare la maniglia, che certe volte era un po' troppo faticoso, Jillian gli tolse di mano il contenitore e andò a metterlo a posto.

"Dato che c'eri anche tu e lo sai, non dovresti essere così indifferente al riguardo."

Appena Jillian si alzò, il padre le mise una mano sulla spalla e la strinse. "Ne ho mangiati tre cucchiai, che mi sono permessi, Gelatina. Va tutto bene. Davvero. Almeno era gelato biologico senza tutti quei conservanti che fanno male."

Jillian fece una smorfia e si sporse per abbracciarlo. "Mi dispiace darti fastidio. È che mi preoccupo."

"Non saresti mia figlia se non ti preoccupassi." Le baciò la testa e Jillian sospirò. "Era un buon gelato."

"C'è un motivo se è la mia marca preferita," disse lei con una risata. "Allora, che programmi hai per oggi? Ho pensato che potremmo andare a vedere un film o fare un giro in macchina in montagna."

"Credo che un giro in macchina non sarebbe male. Roger passerà più tardi nel pomeriggio per guardare la partita, quindi niente di troppo spericolato."

Era ancora presto e potevano fare un giro breve almeno fino alle colline e fermarsi a pranzo sulla via del ritorno senza stancarsi. Con il carico di lavoro che Jillian aveva in quei giorni e il fatto che non dormiva bene perché sognava un certo Montgomery e pensava a quello che sarebbe successo se Decker non l'avesse trovato, la ragazza si stancava facilmente. Le tremarono le mani e strinse i pugni per nascondere la reazione. Il padre sapeva cosa era successo a Wes perché Jillian glielo aveva detto, ma non aveva accennato al fatto che era rimasta a lungo in quella stanza d'ospedale e aveva aspettato di avere notizie per ore insieme ai Montgomery.

Aveva visto il modo in cui gli altri l'avevano guardata mentre aspettavano, ma Jillian non aveva avuto scelta. Era con Everly quando Storm aveva telefonato alla fidanzata e non ci aveva pensato due volte prima di andare in ospedale con lei. I figli di Everly erano al campo estivo, perciò le due donne erano potute andare dritte in ospedale a incontrare gli altri Montgomery.

Molti di loro erano rimasti sorpresi per un attimo quando l'avevano vista entrare, ma poi era stato come se non ci fosse altro posto dove avrebbe dovuto essere. Nel corso degli anni aveva saputo da Storm che non era la prima volta che la famiglia si era riunita in una sala d'attesa di uno dei vari ospedali della città, ma quella *era stata* la prima volta che aspettavano notizie di Wesley.

Quando lei ed Everly erano arrivate, Storm le aveva accolte a braccia aperte. Per un attimo, a Jillian era sembrato strano abbracciare l'amico, nonché ex, insieme all'attuale fidanzata, ma in realtà erano arrivati al punto in cui erano tutti amici e vivevano le proprie vite. Storm soffriva per quello che stava succedendo al fratello gemello, il che significava che Jillian sarebbe stata lì per lui.

Ovviamente, era anche terribilmente preoccupata per Wes.

Jillian non ancora riusciva a credere che Wes fosse stato aggredito tanto vicino alla libreria e a dove lavoravano la maggior parte degli amici. Chiunque lo avesse attaccato non aveva voluto soldi, dato che non avevano toccato il portafogli di Wes, per cui ancora non si sapeva perché lo avessero aggredito in quel modo. Ma Jillian sapeva che non si sarebbe mai tolta dalla mente l'immagine di Wes steso a letto, esausto e pesto, indipendentemente da quante volte le avessero detto che sarebbe stato bene.

Era passata quasi una settimana dall'incidente e Wes aveva appena ricominciato a camminare con facilità e a supervisionare i progetti. Jillian si era presa il giorno libero per stare con il padre, dato che aveva ferie in abbondanza e non aveva preso il gattino a cui aveva pensato.

Se se lo fosse permesso, Jillian avrebbe passato tutto il pomeriggio a chiedersi perché avesse reagito in quel modo quando aveva visto Wes in ospedale. Non riusciva a credere di avergli tenuto la mano tanto a lungo senza temere che qualcuno la vedesse.

Wes era soltanto il suo capo. Doveva ricordarsene.

Ma lei sapeva che non era solo il suo capo. Jillian non capiva cosa significasse quel *di più* e non era certa di potersi permettere di approfondire. Invece di continuare a indugiare, avrebbe passato la giornata con il padre e ignorato i sentimenti che continuavano a ribollire dentro di lei.

"Stai pensando troppo di nuovo," le disse dolcemente il padre. Jillian alzò lo sguardo e lo vide che la fissava. Gli rivolse un sorriso radioso, sperando che non sembrasse troppo falso. "Prepariamo dell'acqua e degli spuntini per la gita." Le fece l'occhiolino e Jillian rise davvero.

"Hai *appena* mangiato il gelato alle nove del mattino, papà. Sul serio vuoi degli spuntini?"

"Che gita in macchina è senza spuntini?" Fece andare su e giù le sopracciglia e si voltò verso il frigorifero. Jillian rise dal naso e lo seguì, ma aggrottò la fronte quando le vibrò il cellulare nella borsa sul piano della cucina.

"Rispondi," le disse il padre, siccome lei non andò a vedere.

"L'unica persona con cui voglio parlare oggi sei tu. Tutti gli altri possono aspettare."

Il padre scosse la testa. "Potrebbe essere Wes."

Jillian si bloccò. "Ehm... e che mi dovrebbe importare?"

"Non sono nato ieri." Sollevò un sopracciglio e Jillian avrebbe voluto rannicchiarsi su se stessa come una bambina. "Ho visto come ti si illuminano gli occhi o si fanno scuri quando parli di lui. È rimasto ferito di recente, vai a rispondere per vedere se sta bene."

Jillian sospirò e andò a prendere la borsa, infastidita dal fatto che il padre riuscisse a leggerla così bene. "Potrebbe essere qualcun altro." Ovviamente non lo era. "Ciao Wes." Jillian trattenne una risata quando il padre la guardò con superiorità.

"Ehi, puoi venire al magazzino? Abbiamo bisogno di te il prima possibile."

Jillian si accigliò. "Mi sono presa la giornata libera per un motivo, Wes."

"Lo so e mi sento una merda a chiederti di

venire, ma abbiamo una perdita e il comune ha fatto un sacco di storie: se non vieni a sistemarla rimarremo indietro di settimane. So che dobbiamo assumere qualcuno che ti aiuti, ma ancora non l'abbiamo trovato. Credi di poter venire? Abbiamo davvero bisogno di te."

"Vai," le disse il padre. "Possiamo fare la gita questo fine settimana se c'è ancora il sole. Abbiamo tempo."

Jillian emise un sospiro tremante, infastidita dal dover scegliere. Il padre poteva anche dire che avevano tempo ma, dalla diagnosi, lei non aveva la sensazione di averne *abbastanza*.

"Avevi appuntamento con tuo padre oggi? Diamine, mi dispiace, Jilli. Troverò una soluzione. Posso chiamare un altro idraulico e vedere se può lavorare a contratto per oggi."

Mentre Wes parlava, Jillian già scuoteva la testa e abbracciava il padre . "Arrivo, Wes. Ma *dobbiamo* trovare qualcun altro perché non posso ridurmi così ogni volta."

"Lo so. Ci stiamo lavorando. C'è stato un casino dopo l'altro, lo apprezzerei davvero." Si sentì urlare qualcuno in lontananza e Wes imprecò. "Grazie, davvero, grazie. Di' a tuo padre che mi dispiace. Ora devo andare."

"Ci vediamo tra poco," disse Jillian a denti stretti, arrabbiata perché doveva andare a lavorare quando aveva esplicitamente chiesto la giornata libera per passarla con il padre. Per quanto sapesse che i Montgomery avrebbero onorato quella richiesta in qualsiasi altra occasione, era comunque uno schifo dover andare a rimediare agli errori di qualcun altro.

"Ti voglio bene, piccola." Il padre la abbracciò stretta e le baciò la fronte. Jillian chiuse gli occhi che le si riempirono di lacrime per la rabbia all'idea di lasciare il padre quando non voleva.

"Ti voglio bene anch'io," rispose con voce strozzata. "Mi dispiace di aver rovinato la nostra giornata."

Il padre si ritrasse e le mise le mani sulle guance. "Ho i miei momenti con te ogni giorno. Ci vediamo quando avrai finito. Comunque è un onore, no? I Montgomery ti trovano talmente brava che non riescono a lavorare senza di te."

"Grazie del complimento e più tardi mi sentirò fiera, ma adesso sono solo infastidita."

"Sei mia figlia, è ovvio che tu sia infastidita." Le baciò di nuovo la tempia. "Ora vai a spaccare culi e fammi sapere come va. Ti voglio bene, Gelatina."

Jillian rise e si allontanò. "Ti voglio bene anch'io, papà."

Lo abbracciò di nuovo e si preparò per andare in cantiere. Quella giornata era un altro esempio del perché le servisse aiuto e lo sapevano tutti. Una volta l'azienda aveva avuto quattro idraulici, ma due se ne erano andati, uno era andato in pensione e l'altro era stato licenziato.

Siccome il boom delle costruzioni edili era rallentato, c'era carenza di idraulici in zona al momento; inoltre, per un motivo o per un altro, tutti stavano avviando aziende private e avevano tariffe altissime. Ma Wes e Storm avevano assunto altre quattro persone perché lavorassero sotto la supervisione di Jillian, ma dovevano seguire un corso di aggiornamento e non sarebbero riusciti a cominciare prima di un'altra settimana o due. Era la politica dell'azienda e anche Jillian ci era passata, ma il tempismo era pessimo.

Onestamente, Jillian era stata fortunata perché avevano cercato di darle un giorno libero e *sapeva* che avrebbero mantenuto la parola se la faccenda non fosse stata tanto folle, ma la irritava dover andare a lavorare quando voleva passare la giornata con il padre. A ciò si aggiungeva il fatto che si sentiva strana quando era con Wes, il che rendeva la situazione scomoda.

Sospirò appena svoltò nel parcheggio e spense il

motore. La gente andava avanti e indietro ma non correva in preda al panico, per cui Jillian si prese qualche altro minuto per concentrarsi. Per qualche motivo, ogni volta che era con Wes ed era leggermente seccata, perdeva le staffe. Ok, conosceva il motivo, e aveva a che fare con l'attrazione bruciante fra loro. Il fatto che entrambi si impegnassero al massimo per ignorarla, o almeno ci provassero, non aiutava né l'umore di Jillian né quello di Wes, dato che lei non era l'unica irascibile quando erano vicini. Ma indipendentemente da quanto si infiammasse quando era accanto a lui, tra loro non poteva cambiare nulla. Nonostante Jillian non uscisse più con Clark e Wes avesse detto che Sophia era solo una vecchia amica, non significava che Jillian e Wes potessero mettersi insieme.

Non avrebbe funzionato e avrebbe reso le cose più difficili, dato che Jillian non solo lavorava per lui ed era ancora amica di Storm, ma stava anche costruendo un rapporto con Everly. Era tutto tanto complicato e rasentava talmente la soap opera che Jillian sapeva che la cosa migliore per tutti era che lei e Wes smettessero di flirtare o quello che era. Basta sguardi rubati. Basta telefonate con scommesse sul lavoro a maglia e spiegazioni su chi frequentassero. Basta Wes.

Per cui, ovviamente, Jillian sobbalzò e urlò quando Wes bussò al finestrino del furgone con la mano sana. I lividi e i tagli stavano guarendo, ma la strada era lunga.

"Mio Dio," annaspò Jillian, prima di prendere la borsa e aprire la porta. "Mi hai spaventata a morte."

Wes alzò le mani, una ancora con il tutore morbido che faceva impressione a Jillian, e alzò le sopracciglia. "Non volevo. Eri tanto persa nei tuoi pensieri che volevo assicurarmi che stessi bene. *Stai* bene, vero?" Appariva genuinamente sincero e preoccupato per lei: ciò le confuse ancora di più le emozioni in tumulto. Jillian non voleva che a Wes importasse di lei. Non poteva affrontare il fatto che Wes fosse un bravo ragazzo a cui importava degli altri. Aveva bisogno che lui fosse scostante e le rendesse facile starle lontano e tenerlo fuori dai pensieri. Jillian doveva arrabbiarsi quando si trattava di lui così da poter mantenere le distanze.

Doveva ricordarsi che era furiosa perché doveva lavorare e, in un modo o nell'altro, doveva essere tutta colpa di Wes. Se avesse mantenuto quel dialogo interiore in cui sembrava una pazza, forse avrebbe superato l'attrazione per quel Montgomery in particolare.

"A dir la verità, non sto bene," ritorse Jillian.

"Non dovrei essere qui perché qualcun altro ha fatto un casino e la tua azienda non sa tenersi un idraulico. Solo perché tu non te la cavi con gli orari e l'organizzazione non significa che io debba rovinare i miei piani." Era completamente fuori strada e non faceva per niente ridere, ma le uscì tutto come un ringhio invece di una lamentela legittima. Non era colpa dei Montgomery se era successo, ma Jillian stava gettando tutto sulle spalle di Wes.

Dal modo in cui lui aveva stretto gli occhi, Jillian si rese conto che non aveva apprezzato. "Sapevi che avremmo potuto chiamarti in qualunque momento, Jillian." Il tono di Wes era gelido e servì a rimetterla in riga. "Ti è stato detto che non è il momento migliore per prendere un giorno di ferie e che avremmo fatto del nostro meglio. Ti è stato *detto* che a questo punto del progetto saresti stata reperibile come chiunque altro al tuo livello nella gerarchia dell'azienda . Il che significa che anche io, Meghan, Luc, Decker, Tabby e Storm siamo qui a sistemare un casino che non abbiamo causato noi. Anche tu fai parte di quella gerarchia, anche se credi di essere migliore di noi. Adesso, se hai finito di comportarti come un idraulico da quattro soldi invece della professionista che sei, ti faccio vedere dove abbiamo bisogno di te."

Wes alzò il mento e Jillian lo guardò.

Dannazione.

Jillian non voleva suonare stronza ed era contemporaneamente imbarazzata e incazzata. Per fortuna, non c'era nessuno oltre loro due che potesse sentire la loro conversazione, ma la tensione nella loro postura era innegabile. Sembrava che, indipendentemente da come Jillian si comportasse, si sarebbe trovata sempre a litigare con Wes Montgomery, anche se aveva pensato che fossero sulla strada verso un rapporto più calmo. O forse era proprio quello il problema: non erano stati sulla strada verso un rapporto più semplice, ma molto più complicato.

"Va bene, fammi vedere," disse lentamente Jillian in tono neutrale. Non era una stronza e doveva ricordarselo. Potevano licenziarla per un atteggiamento del genere e, tenuto conto che lei e Wes si azzuffavano di continuo (a parte le conversazioni telefoniche scherzose e il tenersi per mano in ospedale) lui era ancora il suo capo.

"Da questa parte," disse Wes, dopo averla studiata in viso. Jillian prese la pesante cassetta degli attrezzi e lo seguì. Era grata del fatto che Wes non si fosse offerto di aiutarla a portarla: l'unica persona tra gli operai dei Montgomery che ci aveva provato era stato Jeff, ma l'offerta era stata accompagnata da uno sguardo lascivo e commenti osceni. Se a Jillian fosse servito aiuto lo avrebbe chiesto e, fuori dal lavoro, tutti i Montgomery gliel'avrebbero offerto. Per loro il confine tra amicizia e lavoro era ben chiaro e Jillian doveva lavorare meglio su se stessa.

Con Wes accanto, si mise a lavorare e si impegnò al massimo per sistemare il casino lasciato dal servizio cittadino e dalla pessima pianificazione dei proprietari precedenti. Era un lavoro senza né capo né coda e Jillian non era nell'umore ma, alla fine, quando riusciva a essere d'aiuto e *aggiustare* ciò che era rotto, aveva quella scarica di adrenalina che le diceva di aver scelto il lavoro giusto. C'erano solo alcune attività che lei riusciva a svolgere e altri no e per *quello* continuava a impegnarcisi.

Dopo circa quattro ore, le squillò il cellulare in borsa e Jillian aggrottò la fronte. Non era la suoneria del padre e Jillian non aveva idea di chi potesse essere, dato che era ancora tecnicamente metà giornata, ma andò comunque a rispondere dopo essersi velocemente asciugata le mani.

Wes si alzò insieme a lei, prese due bottigliette d'acqua e gliene lasciò una mentre Jillian prendeva il telefono. Lei la prese e alzò gli occhi al cielo, dato che stava più per colpirla alla spalla che darle l'acqua.

Il nome sullo schermo la fece bloccare e tutti i pensieri frivoli si allontanarono.

"Roger? Cosa c'è?" Jillian fu sorpresa di suonare tanto calma, visto che non lo era per niente.

Wes doveva averle colto una nota strana nella voce, però, perché mise giù l'acqua e le tolse la bottiglia dalle mani per riporla accanto alla propria. Le rimase accanto con le mani sui fianchi, mentre Jillian sbatteva le palpebre alla voce di Roger.

"Jillian, tesoro." Il vicino di casa del padre non disse altro e Jillian esalò un sospiro tremante.

"Cosa c'è, Roger? Sei con papà? Perché non mi ha telefonato lui?" La voce di Jillian iniziava a suonare isterica e lei lo sapeva, ma non le importava.

"Ero venuto a vedere la partita e, quando ho suonato il campanello, tuo padre non mi ha aperto, non ha neanche risposto al telefono quando ho cercato di chiamarlo. Mi avevi dato una copia della chiave, nel caso dovessi entrare per un'emergenza, ricordi? L'ho usata e sono entrato."

Roger rimase in silenzio per un po' e a Jillian cominciarono a tremare le mani.

Wes le rimase accanto con un'espressione interrogativa, ma Jillian non riusciva a vedere nient'altro.

Era come se il mondo fosse diventato un tunnel e riuscisse a vedere solo il viso di Wes e a sentire solo il respiro di Roger dall'altro capo della linea.

"Pensavo si fosse addormentato sulla poltrona con la coperta sulle gambe. Me ne sarei andato, perché credevo di aver interrotto il suo pisolino, ma volevo assicurarmi che stesse bene."

A Jillian tremarono le gambe e Wes le mise una mano sul fianco per sorreggerla.

"Roger..."

"Se ne è andato, tesoro. Non respirava quando mi sono avvicinato e ho chiamato l'ambulanza. L'hanno dichiarato morto sul posto." Roger trattenne un singhiozzo, ma Jillian si limitò a sbattere le palpebre, il bruciore agli occhi le appannava la vista. "Il medico legale sta venendo a prenderlo per portarlo via. Non so altro, Jillian. Devi tornare a casa. Io... io non so che dire, cara. Mi dispiace tantissimo. Mi dispiace da morire."

Roger cominciò a piangere, con dei singhiozzi talmente forti da farlo tremare. Si sarebbero sentiti a chilometri di distanza, ma Jillian riusciva solo a sentirli in un sussurro.

"Io... vengo subito." Riagganciò, senza sapere cosa aggiungere. Non trovava le parole per spiegare a Roger che non era colpa sua, non trovava le parole per dire che sarebbe andato tutto bene e che non c'era bisogno di piangere.

Era tutto un sogno, no?

Jillian aveva lasciato il padre a sorridere e ridere in cucina. Aveva persino rubacchiato il gelato, per l'amor del cielo. Stava *bene*.

Suo padre *non* era morto.

"Jillian? Cosa c'è? Parlami."

Wes era davanti a lei, le teneva le mani calde sugli avambracci e si chinò in modo che fossero alla stessa altezza.

Jillian avrebbe dovuto essere con il padre.

Non avrebbe dovuto essere lì.

Avrebbe potuto aiutarlo.

Sarebbe potuta intervenire.

Lei... non riusciva a pensare.

Le lacrime cominciarono a scorrerle sulle guance e sentì un lamento che riecheggiò nel grande magazzino. Per un attimo, Jillian si chiese da dove venisse, ma poi si rese conto che era lei.

La morsa al petto era vera, il sale sulle labbra e sulla lingua veniva da lei. Wes la abbracciò e la strinse al petto mentre Jillian singhiozzava e lottava per respirare. Non poteva dirgli cosa era successo, non poteva urlargli contro perché l'aveva costretta ad andare lì.

Perché non era colpa di Wes.

Era colpa di Jillian.

Non era stata abbastanza.

Non era riuscita a trattenere il padre.

Perciò se ne era andato.

E lei era sola.

Di nuovo.

Capitolo undici

Wes si strattonò la cravatta, grato di non dover portare il tutore, e si chiese come diamine fosse successo tutto ciò. L'attimo prima litigava con Jillian, quello dopo lavoravano fianco a fianco. Poi... beh, subito dopo il mondo di Jillian era andato in pezzi e lui non sapeva come raccoglierli. Diamine, non sapeva nemmeno se avesse il diritto di provarci.

Ashton Reid era morto.

Era morto per un attacco di cuore, senza soffrire, mentre dormiva sulla sua poltrona preferita. Era sempre stato un uomo duro e forte, finché una caduta non aveva esacerbato sintomi ignorati per troppo tempo. Se fosse sopravvissuto all'infarto, lo avrebbe aspettato una lunga e agonizzante ripresa, dato che non avrebbe mai davvero riacquistato le forze per via del Parkinson.

Wes aveva costretto Jillian ad andare al lavoro invece di stare accanto al padre e non se lo sarebbe mai perdonato. Ovviamente, Wes *sapeva* che non c'era niente che Jillian avrebbe potuto fare e probabilmente sarebbe stato peggio se fosse stata lei a trovare il padre, ma Jillian aveva perso ore con lui per colpa di Wes.

Gran parte del clan Montgomery sarebbe andato al funerale, anche se Autumn e Griffin sarebbero rimasti a casa dei genitori di Wes con tutti i bambini. Autumn e Griffin non avevano figli, ma avevano aiutato a crescere l'ultima generazione e c'erano sempre quando c'era bisogno di loro. Il resto della famiglia voleva essere lì per Jillian, anche se alcuni la conoscevano solo di vista. Ma da quando Storm l'aveva presentata come un'amica e lei aveva iniziato a lavorare per l'azienda, i Montgomery si erano comportati come riusciva loro meglio e l'avevano adottata.

Non avrebbero lasciato che affrontasse tutto da sola.

Qualsiasi cosa fosse quel *tutto*.

Wes si passò un pugno sul petto, un torpore doloroso prendeva possesso di lui. Non riusciva a immaginare cosa stesse provando Jillian, anche se lui c'era quasi passato non molto tempo prima.

Quando avevano diagnosticato un cancro a Harry Montgomery, Wes aveva pensato che il mondo gli si fosse spostato da sotto i piedi. Anche se la prognosi era apparsa positiva secondo i dottori, niente era mai definitivo e c'era un motivo se il cancro alla prostata era la prima causa di morte per gli uomini dell'età del padre.

Wes aveva quasi perso il padre per via di una malattia che gli aveva devastato il corpo ma, alla fine, era stato fortunato.

Jillian no.

Wes chiuse gli occhi e ingoiò la bile che aveva in gola. Non poteva fare a meno di guardare le somiglianze e le enormi differenze nelle loro situazioni. Dato che Wes era leggermente egoista, sapeva che avrebbe abbracciato forte il padre, grato che fosse ancora con loro; allo stesso tempo avrebbe osservato il lutto insieme a Jillian.

Era Storm quello che aveva conosciuto Ashton. Lo aveva incontrato qualche volta e avevano approfondito il rapporto nel corso degli anni. Wes non aveva nessun legame con l'uomo che aveva cresciuto Jillian, a parte per il fatto di aver visto e rispettato la donna forte e bellissima che Ashton aveva cresciuto da solo.

Wes non sapeva se la madre di Jillian sarebbe andata al funerale e non conosceva tutta la storia, tranne per quello che aveva detto Storm riguardo al fatto che la donna era andata via quando Jillian era piccola e non era mai tornata.

Wes non avrebbe mai dimenticato il suono del dolore di Jillian quando era crollata accanto a lui dopo aver saputo della morte del padre. Non avrebbe mai dimenticato il peso di quel dolore sul petto mentre Jillian cercava inutilmente di ricomporsi.

Era stato Storm a portarla a casa del padre e Wes li aveva seguiti con il furgone, in modo che il fratello non restasse senza auto. Wes aveva portato Jillian al furgone di Storm in silenzio e non aveva detto una parola quando era rimasto dietro al fratello gemello sul portico di Jillian. Lei li aveva mandati via, dicendo che poteva cavarsela da sola, dato che c'erano anche i vicini di Ashton, e Wes si era lasciato convincere da Storm ad andare via.

Non potevano rendersi utili in nessun modo e Wes sapeva che Jillian non voleva che la vedessero a pezzi. A Wes c'era voluta tutta la forza che aveva per non stringerla a sé senza lasciarla mai andare. Il fatto che provasse tutto ciò gli fece capire che aveva seppellito troppo a lungo i sentimenti per quella donna in particolare, ma non c'era niente che volesse o *potesse* farci.

"Basta," si disse. "Basta."

Si ripreparò rapidamente, prese le chiavi e andò all'auto. Usava il furgone per lavoro e nei giorni feriali, mentre una BMW nera nel fine settimana. Aveva deciso che quel giorno sarebbero andati meglio i finestrini oscurati dell'auto, e non il motore rumoroso del furgone. Wes aveva poco più di trent'anni, non aveva né moglie né figli ed erano circa dieci anni che aveva un lavoro stabile con un bel salario. Si era concesso quell'auto e il pezzo di terra intorno alla casa, dato che non aveva molto altro.

L'idea che dopo il funerale sarebbe tornato a casa da solo lo infastidiva. In un modo o nell'altro, aveva passato una grande fetta della vita concentrato sul lavoro e sulla famiglia. Era come se avesse dimenticato di farsi una vita e viverla davvero.

Era strano come la morte ricordasse ai vivi quanto fosse importante.

Wes andò al cimitero in silenzio, senza neanche accendere la radio come rumore di sottofondo. Si sarebbe tenuta prima la sepoltura e poi una veglia al pub preferito di Ashton. Per fortuna Wes non era andato a molti funerali in vita sua ma sapeva che, per quanto si volesse trasformare la veglia in una celebrazione della vita, sarebbe stata comunque un'occasione cupa per chi restava.

In particolare per la figlia.

Wes svoltò nel parcheggio e spense il motore con le mani che gli tremavano. Non aveva idea di come avrebbe potuto aiutare Jillian quel giorno, ma sapeva di doverci provare. Se a lei fosse servito qualcuno contro cui urlare, da prendere a pugni e colpire fino ad alleviare il dolore, Wes sarebbe stato quella persona. Se Jillian avesse avuto bisogno che lui se ne andasse e non la guardasse, Wes l'avrebbe accontentata. Se, per qualche motivo, lei avesse voluto che la abbracciasse e la tenesse stretta, avrebbe accettato volentieri.

Sapeva solo che avrebbe dovuto sostenerla.

Wes incontrò il resto della famiglia al limitare della folla che era andata a celebrare la vita e piangere la morte di Ashton Reid. La cerimonia non era ancora cominciata, anche se Jillian era in mezzo alla moltitudine di persone che aveva conosciuto il padre. Sembrava incredibilmente sola nella folla di dolenti molto più vecchi di lei e sembrava che loro non sapessero come comportarsi con lei.

"Andiamo," sussurrò la madre di Wes, mentre lo

prendeva sotto braccio. "Harry, chiama Storm ed Everly. Non lasceremo che quella ragazza affronti tutto da sola."

Quella era la madre di Wes, in poche parole. Persino con le emozioni che gli chiudevano la gola, lui sapeva che non ci sarebbe mai stata un'altra persona nella sua vita o sulla Terra come Marie Montgomery.

Il resto dei fratelli e dei consorti andarono a sedersi in posti sparsi nelle ultime file, dato che non c'erano mai abbastanza sedie perché si potessero sedere tutti insieme; mentre Wes, i genitori, Storm ed Everly andarono accanto a Jillian.

Jillian sgranò gli occhi quando li vide, prima di concedere loro un sorriso triste che sembrò arrivarle agli occhi.

"Siete venuti," sussurrò, anche se aveva occhi solo per Wes, poi si voltò verso la madre. "Grazie di essere qui."

Marie prese tra le mani il volto di Jillian, le si avvicinò e poggiò la fronte contro quella della ragazza. "Certo che siamo venuti. Ti vogliamo bene, cara."

Jillian sbatté le palpebre per allontanare le lacrime e chiuse gli occhi con forza, mentre si lasciava andare all'abbraccio della madre di Wes e Harry accarezzava loro le spalle. "Io... grazie."

Everly e Storm arrivarono subito dopo, la abbracciarono e si allontanarono per lasciare spazio a Wes. Lui non sapeva perché la madre avesse scelto lui per accompagnarla, a parte il fatto che la donna sembrava sapere tutto prima degli altri. Ma in quel momento era felice di essere lì, anche se era un po' strano.

"Jilli," sussurrò lui.

A Jillian tremò il labbro inferiore, ma non pianse. "Wes."

Wes tese le braccia verso di lei e Jillian sprofondò in un abbraccio che durò solo pochi secondi prima che si allontanassero, egualmente confusi e combattuti davanti a quello che stava succedendo fra loro.

Jillian si voltò verso Marie, si strinse le mani sul petto e abbassò la voce. "Potete sedervi con me?" sussurrò, con le guance rosse. "Non... non ho nessun altro."

Wes sentì il cuore spaccarglisi in due e dovette trattenersi dall'abbracciarla di nuovo.

Prima che lui potesse compiere una scelta tanto stupida, Marie baciò Jillian sulla guancia e annuì. "Ma certo, piccola, certo. Perché non vai a sederti? Io e Harry ci siederemo qui."

Dato che era rimasto solo un posto libero, Storm ed Everly abbracciarono di nuovo Jillian prima di tornare dal resto della famiglia, e Wes rimase lì goffamente con le mani in tasca. Marie gli rivolse uno sguardo severo e lui annuì, perciò uscì dalla nebbia mentale che lo avvolgeva e andò da Jillian.

"Andiamo, Jilli, sarò accanto a te tutto il tempo." Non era sicuro che quello sarebbe stato di conforto, ma quando Jillian sospirò e lo guardò, Wes seppe di aver preso la decisione giusta.

"Grazie." Quella parola fu appena udibile, ma Wes aveva sentito l'emozione che c'era dietro.

Le prese la mano e sedette con lei, i genitori erano accanto a lui. Odiava il fatto che Jillian fosse stata da sola finché non erano arrivati i Montgomery. Sì, c'erano gli amici di Ashton, ma dal modo in cui si era messa in disparte nel mare di persone, Wes sapeva che non erano amici di *Jillian*.

Le strinse la mano e Jillian ricambiò più forte. La ragazza guardò dritto di fronte a sé mentre il pastore avanzò per parlare di Ashton e della luce che aveva emanato. Qualcuno singhiozzava dietro di lui, altri tiravano su col naso o tossivano: la commozione riempiva la piccola tenda che li riparava dal sole.

Jillian non pianse alle parole dell'uomo; fissò dritto davanti a sé, con il respiro superficiale, aggrappata alla mano di Wes. Dato che lui era concentratissimo su di lei, non sentì quello che diceva il celebrante. Sapeva che Ashton meritava di più, ma lui riusciva solo a prestare attenzione alla donna che aveva a fianco e ad assicurarsi che non si sentisse sola.

L'uomo concluse rapidamente il discorso e passarono al momento successivo del servizio. Wes si alzò con Jillian e fece un passo indietro in modo che lei potesse andare sulla tomba del padre. Jillian mise una mano sulla bara e chinò la testa prima di esalare un sospiro tremante e voltarsi, in modo da lasciare agli altri la possibilità di piangerlo.

Era dannatamente forte.

Wes disse addio a un uomo che non aveva mai incontrato ma aveva ammirato per via della donna che aveva cresciuto, poi si fece da parte con Storm e alcuni membri della famiglia. Le donne erano andate ad aiutare Jillian e Wes sapeva che averlo intorno l'avrebbe solo stressata di più. Non era sicuro di *come* facesse a saperlo, ma era così.

"Sai chi sono quelli?" chiese Storm sottovoce, accennando a un gruppo di uomini imponenti con indosso un completo. che si erano messi in disparte rispetto al gruppo e studiavano i dolenti da dietro le lenti scure.

"No," rispose Wes, anche se non era sicuro di cosa lo mettesse a disagio mentre guardava quel gruppo. "Non conoscevo Ashton, però. Potrebbero essere amici suoi."

"Non si sono seduti con noi," disse Austin alzando le spalle. "Ma non tutti osservano il lutto allo stesso modo."

Wes annuì, poi si voltò verso Jillian e si tolse dalla testa gli uomini con il completo e gli occhiali scuri. Decise che non sarebbe andato alla veglia. La gente avrebbe raccontato storie sul padre di Jillian e avrebbe voluto piangerlo in un posto in cui si sentivano tutti a loro agio. Wes sapeva che Storm, Everly e i suoi genitori sarebbero andati per Jillian, ma lui non sentiva che fosse l'occasione giusta.

In quel momento Jillian alzò lo sguardo e incrociò quello di Wes, prima che di voltarsi per parlare con qualcuno.

"Vuoi dirci che sta succedendo?" chiese sottovoce Storm.

"Non è il momento né il posto adatto." Wes non guardò il fratello né gli altri Montgomery. Non era sicuro di cosa avrebbero visto, se l'avessero guardato negli occhi.

Nessuno aggiunse altro e la folla si diradò lentamente, ognuno si allontanò per conto proprio. Wes rimase da solo al cimitero più a lungo di quanto avrebbe dovuto, mentre gli addetti dell'agenzia funebre svolgevano il loro lavoro.

Wes aveva molto su cui riflettere, ma non riusciva a mettere insieme i pensieri per capire cosa significasse tutto ciò.

Presto, si disse.

Presto avrebbe capito cosa significasse quello che gli stava succedendo. Prima, però, si sarebbe assicurato che Jillian potesse piangere il padre. Wes sarebbe stato tutto quello di cui lei avesse avuto bisogno.

Wes avrebbe dovuto capire *che cosa*, però.

Presto.

Capitolo dodici

"Mi prendi per il culo?" ringhiò Jillian e gettò lo straccio bagnato sul pavimento, ben consapevole che non avrebbe assorbito l'acqua che si era accumulata sul cemento davanti a lei. "Che cavolo, dannato rottame! Perché non fai quello che voglio, dannazione?"

Erano passate due settimane da quando Jillian aveva seppellito il padre e, da quel momento, sembrava avesse perso ogni entusiasmo e abilità quando si trattava di fare l'idraulico. Un esempio su tutti era non riuscire ad aggiustare il *proprio* scaldabagno.

Non c'era bisogno di sostituirlo, ne era certa, ma quel rottame non voleva collaborare e farsi riparare.

Che bastardo.

Se non si fosse allontanata da quell'elettrodomestico traditore, avrebbe lanciato qualcosa o lo avrebbe danneggiato ancora di più, perciò Jillian raccolse gli attrezzi, si assicurò di aver chiuso l'acqua e tornò di sopra. Non poteva chiamare un idraulico ad aiutarla, nemmeno uno dei ragazzi assunti da Wes e Storm perché lavorassero per lei.

Jillian non si era presa neanche un giorno di ferie e non ne aveva intenzione, per cui era riuscita ad addestrare come aveva voluto i ragazzi che lavoravano con lei. Fino a quel momento, non sembrava che a loro importasse che fosse una donna a dirigerli e Jillian lo considerava un bonus.

Era praticamente l'unica vittoria degli ultimi giorni.

Ogni mattina, Jillian si alzava, faceva la doccia e seguiva la routine in un mondo che non le sembrava normale. Andava in cantiere, svolgeva il lavoro che le riusciva meglio e parlava solo con chi aveva bisogno di indicazioni. Sbrigava le scartoffie in tempo e annuiva a chi le chiedeva come stesse.

Era viva, ma non viveva. Non sentiva.

Come avrebbe dovuto provare qualcosa, quando non sentiva la risata fragorosa del padre? Come poteva sapere che un giorno sarebbe andato tutto bene quando *sapeva* che non poteva essere così, senza il padre che nascondeva il gelato o che le diceva di cucirgli una sciarpa?

Jillian non aveva guardato la borsa da cucito dal funerale.

Non sapeva nemmeno se l'avrebbe mai ripresa di nuovo.

A che serviva?

C'erano ancora da sbrigare le questioni legali legate alla casa e alla proprietà del padre, ma quando ad Ashton era stato diagnosticato il Parkinson, lui e Jillian erano andati insieme dall'avvocato e avevano sistemato per tempo tutto quello che potevano. Jillian aveva pensato che avessero ancora anni prima di doverci pensare. Alla fine, avevano avuto solo pochissimi mesi.

Jillian non aveva mai fatto quella gita.

Non era mai andata a passeggiare per le colline con il padre che le raccontava storie di quando lei era piccola.

Jillian non aveva finito di esaminare le vecchie scatole che il padre aveva tirato fuori per ricordare momenti felici.

Non aveva nemmeno avuto notizie dalla madre dopo averle lasciato un messaggio in segreteria. Jillian non era rimasta sorpresa, ma era ancora ferita e arrabbiata.

Evidentemente, Boca Rotan e gli altri figli della madre erano molto più importanti dell'uomo che una volta aveva detto di amare e della figlia nata da quell'amore e poi abbandonata. Quella donna era stata *sposata* con il padre di Jillian. Avevano avuto una figlia e lei non si era scomodata a mandare dei fiori o un messaggio alla figlia per dirle che le dispiaceva per la perdita.

Qualsiasi gesto sarebbe stato meglio di quel silenzio.

Certo, appena Jillian ci pensò, si rese conto che, se *avesse* sentito la madre, avrebbe provato tutta un'altra serie di emozioni.

La ragazza sapeva che si stava concentrando sul lavoro e sulla mancanza di comunicazione con la donna che l'aveva messa al mondo, perché non voleva pensare di aver perso una parte di sé con la morte del padre.

In un modo o nell'altro, Jillian era un misto di torpore ed emozioni amplificate e non aveva idea di come procedere, tranne per il fatto di ricordarsi di respirare e fare un passo dopo l'altro.

Diamine, non era mai sentita tanto abbattuta. Tanto dannatamente *sola*.

Forse, dopo tutto, avrebbe preso quel gattino.

Prima che potesse diventare ancora più introspettiva, qualcuno suonò il campanello e Jillian aggrottò la fronte, chiedendosi chi potesse essere.

Quando aprì la porta, però, Jillian avrebbe dovuto saperlo. "Wes." Deglutì rumorosamente, non ancora abituata alla reazione che aveva ogni volta che lo vedeva. Il cuore le batteva più veloce e le tremavano le ginocchia.

Le faceva provare qualcosa quando Jillian avrebbe voluto solo restare beatamente intorpidita.

"Ehi." Jillian gli guardò la gola mentre Wes deglutì rumorosamente prima di mettersi le mani in tasca. "Io... beh, è domenica e pensavo che, dato che avevo niente in programma, potevo passare a vedere come stavi. Anche se, ora che sono qui, penso di aver sbagliato."

"È domenica?" Non era esattamente quello che Jillian aveva intenzione di dire, ma comunque non sapeva cosa avrebbe voluto rispondere.

Wes annuì lentamente, come se avesse paura che con un movimento troppo rapido l'avrebbe spaventata. Non si sbagliava.

"Uhm... perché non entri? Fuori fa caldo." Le parole di Jillian erano legnose, le tremavano le mani e cercava di ricordare come comportarsi da essere umano. Una volta era brava, sapeva come si faceva a respirare e pensare allo stesso tempo.

In quel momento le sembrava di essere a una sola decisione dal precipitare nel baratro.

Jillian gli chiuse la porta alle spalle mentre lui la superava, poi si voltò verso di lui. Wes la squadrò da capo a piedi e Jillian sapeva che non era perché la trovasse attraente, ma perché voleva assicurarsi che stesse bene. O almeno era quello che lei provava in quel momento.

"Sei bagnata."

Jillian sgranò gli occhi. "Eh?"

Jillian avrebbe giurato di averlo visto arrossire e Wes si schiarì la gola. "Intendo i jeans e le scarpe. Stai lasciando impronte bagnate in giro per casa. Che succede?"

Jillian si guardò e aggrottò la fronte. "Oh. È lo scaldabagno. Quel coso è diventato inaffidabile e non riesco ad aggiustarlo." Guardò Wes e fece una smorfia. "Ehm, forse non è saggio dirlo al mio capo, giusto?"

Wes sospirò. "In questo momento non sono il tuo capo."

"Mi stai licenziando, vero?" Sapeva di sembrare tesa, ma era confusa.

Wes le rivolse uno sguardo che Jillian non riuscì a interpretare. "No, e lo sai. Dico solo che adesso, a casa tua, senza altre persone non sono il tuo capo."

"Allora cosa sei, Wes?"

Wes la guardò e lei espirò lentamente. "Voglio essere tuo amico. Sono stanco di litigare sempre. Sono stanco di questa sensazione tra noi e preferirei trovare un equilibrio. Ora, vuoi che ti aiuti con lo scaldabagno? Sei molto più brava di me, posso reggerti la chiave inglese mentre lavori."

Jillian strinse le labbra, stupita da quello che aveva detto Wes. "Io... non so cosa siamo, Wes. O cosa possiamo essere." L'emozione le chiuse la gola e Jillian cercò di ricacciarla indietro come le era capitato tante altre volte nelle ultime due settimane, ma non era facile come prima.

"Parlami, Jilli."

"Non chiamarmi così," urlò, con le mani che le tremavano. Wes avanzò verso di lei, che allungò le mani tremanti, consapevole di avere gli occhi sgranati e forse un po' folli.

"Ok, mi dispiace. Non sapevo che ti desse fastidio."

Tutte le altre volte in cui l'aveva chiamata in quel modo non l'aveva irritata, le era *piaciuto*, ma in quel momento Jillian sapeva di sentire troppo e troppo presto, non ne aveva il controllo.

"Perché hai dovuto chiamarmi?" disse Jillian, con la voce che le si spezzava.

Wes serrò le mascelle, con gli occhi tristi.

"Non me lo perdonerò mai, ti ho tolto quegli ultimi momenti."

Jillian avanzò verso di lui e gli mise le mani sul petto, con il respiro affannoso.

"Avrei potuto aiutarlo. Avrei potuto *essere lì*. Invece è morto da solo e senza di me. Non ho potuto dirgli addio, Wes. Sono stata impotente! L'ho lasciato pensando di avere più tempo, quando invece il mondo si è preso gioco di me, perché non c'è mai tempo. Ho perso tutto e sono incazzata, Wes. Avrei dovuto essere lì. Perché mi hai costretta ad andare in cantiere? Perché quel tubo doveva scoppiare e rovinare tutto? Perché non riesco ad aggiustare lo scaldabagno? Perché non mi riesce niente?"

Jillian non lasciò che le lacrime cominciassero a scorrere, ma il cuore le batteva veloce e la mente andava in mille direzioni diverse.

"Perché è dovuto morire, Wes? Perché mi ha lasciata qui da sola?"

"Oh, cazzo," sussurrò lui, prima di stringerla a sé e prenderle il viso tra le mani forti. Jillian gli prese a pugni il petto, tanto era arrabbiata col mondo, ma Wes non si allontanò. Non si tirò indietro quando lei cominciò a colpirlo più forte, prima di poggiargli i palmi sul petto.

"Non è stata colpa tua," le sussurrò Wes.

"Ma non tornerà lo stesso. Dovevo essere lì. Dovrei sentire *qualcosa* a parte questa voragine dolorosa e vuota, ma riesco solo a chiedermi perché non sono sempre intorpidita. Perché, Wes? Perché non mi sento come dovrei?"

Jillian stava sussurrando, non urlava più, non colpiva Wes e non piangeva. Si limitava a *essere*.

"Ti senti come hai bisogno di sentirti. Non c'è un modo sbagliato di guarire, Jillian. Continua a colpirmi. Urla ancora. Posso sopportarlo."

Wes avrebbe tenuto duro. Avrebbe fatto di tutto per aiutarla, ma Jillian sapeva bene cosa volesse da Wes. Probabilmente sarebbe stato l'errore peggiore che potesse commettere, ma non riusciva a pensare ad altro.

"Aiutami a sentire di nuovo, Wes," sussurrò. "Aiutami a sentire." Voltò la testa e gliela appoggiò sul palmo. "Non... non riesco a fare altro. Aiutarmi a *essere*."

Wes le passò la mano tra i capelli sulla coda di cavallo disordinata e gliela tirò. "Sarebbe uno sbaglio."

"No, non lo sarà. Siamo già su questa strada e adesso voglio solo stare tra le tue braccia e dimenticare tutto il resto. Voglio dimenticare questo dolore.

Dimenticare quello che ho perso e quello che non avrò mai. Voglio ricordare cosa posso essere quando non penso a nient'altro. Puoi concedermelo? Puoi aiutarmi?"

Wes esalò un sospiro tremante e poggiò la fronte su quella di Jillian. "Ti voglio, Jillian, davvero, ma non voglio approfittarmi di te."

"Non c'è questo rischio," rispose lei con onestà. Al contrario, sarebbe stata *lei* ad approfittarsi di lui, ma Jillian non poteva smettere di avere bisogno di lui. Non in quel momento.

Wes le accarezzò la schiena e la avvicinò a sé. "Non posso negare di volerti. Non lo negherò mai. Non di nuovo. È quello che vuoi? Allora sarò questo per te. Anche domani sarò ciò di cui avrai bisogno."

Tu di cosa hai bisogno, Wes? si chiese Jillian.

Ma prima che Jillian potesse dirglielo o avere ripensamenti, Wes poggiò la bocca sulla sua e Jillian provò quella scintilla che le disse di poter *sentire* con lui.

Jillian si inarcò contro di lui tremante di desiderio mentre Wes le percorreva la schiena con le mani. Quando Jillian gli morse il labbro, sempre più desiderosa, Wes ringhiò, allungò una mano per afferrarle il sedere e la sollevò. Jillian gli avvolse le gambe intorno alla vita e spinse contro le linee forti dei muscoli di Wes. La ragazza sapeva che lui era forte, lo aveva visto nel modo in cui si muoveva in cantiere, nel modo in cui lo nascondeva sotto le camicie; ma sentire quei muscoli sodi premuti contro di sé la eccitò ancora di più.

Wes si voltò con lei fra le braccia e andò verso la zona pranzo. Jillian gli avrebbe detto di andare in camera da letto ma, quando la appoggiò sul bordo del tavolo e si chinò a succhiarle il collo, lei gemette: non volle privarsi nemmeno di un minuto per andare dall'altra parte della casa.

Wes la faceva sentire dannatamente bene e le faceva *dimenticare*.

Era quello di cui aveva bisogno in quel momento.

Nessuna promessa. Nessun dolore.

Soltanto lui.

Wes le prese il viso tra le mani e Jillian aggrottò la fronte quando smise di baciarla. "Torna al presente, Jillian. Torna da me."

Jillian si leccò le labbra prima di allontanarsi e togliersi la maglietta. Stava lavorando, quindi indossava un reggiseno sportivo e non il completo più pulito e carino che avesse, ma non le importava. Tanto sarebbe stata presto nuda.

"Dio," disse Wes. "Sei dannatamente sexy."

"Con un reggiseno sportivo?" chiese lei con una risata.

Wes la accarezzò da sopra il reggiseno e le pizzicò il capezzolo attraverso il cotone sottile ed elastico. "Ti avvicina i seni e mi fa venire voglia di metterci in mezzo l'uccello e spingere fino a venirti sul mento. Che ne dici?"

Jillian sollevò un sopracciglio. "Siamo eccentrici, eh?"

Gli occhi di Wes si scurirono e strinse il fianco di Jillian con l'altra mano. "Non ne hai la minima idea."

Se fosse stato possibile, Jillian si sarebbe bagnata ancora di più. "Faresti meglio a dimostrarmelo, allora, così posso farmene una."

"Beh, allora credo che dovrò toglierti quegli scarponi da lavoro e mettermi all'opera." Wes le fece l'occhiolino e Jillian fece una smorfia. "Anche se forse, in futuro, ti scoperò con gli scarponi. Potrebbe essere sexy."

Futuro? No, Jillian non ci avrebbe pensato, non in quel momento. *Non* voleva pensare. Si sarebbe preoccupata dopo.

"Magari non quando sono così bagnati. Se io ho i miei, tu dovrai avere i tuoi."

"Va bene." Wes la baciò di nuovo prima di togliersi la camicia. Jillian si leccò le labbra e allungò una mano e per passargli le dita sulla pelle. I capezzoli di Wes si indurirono sotto lo sguardo di Jillian e lei si sporse a leccarne uno. "Dio," ringhiò Wes. "Devo assaggiarti."

Wes le passò lentamente le dita sul braccio Jillian rabbrividì e sospirò, sempre più vogliosa. Lo desiderava sempre di più: con Wes aveva la sensazione che avrebbe avuto quello di cui aveva bisogno, per lo meno negli attimi che avrebbero passato insieme.

In risposta alle parole di Wes, Jillian allargò le gambe, anche se aveva ancora i pantaloni. Wes grugnì e le mise una mano sulla nuca per attirarla a sé per premerle la bocca sulla propria. Jillian ansimava dal desiderio, lo voleva più di quanto pensasse fosse possibile; ma prima che potesse saziarsi di lui, Wes si allontanò e iniziò a slacciarle i pantaloni. Jillian lo aiutò con la zip, poi si aggrappò al bordo del tavolo e sollevò i fianchi. Wes le tolse i pantaloni e le mutandine in un unico gesto e la lasciò sul lungo tavolo di legno con indosso solo il reggiseno.

Wes si inginocchiò davanti a lei, le mise le mani sulle ginocchia e le allargò lentamente le gambe. "Sei già bagnata," disse, roco. "Ti vedo, tutta lucida e affamata del mio uccello. O forse vuoi la mia bocca." Seguì il contorno delle grandi labbra con un dito e

Jillian rabbrividì, mentre stringeva la presa sul tavolo.

Evidentemente, a Wes Montgomery piaceva dire cose sconce e a Jillian piaceva *molto* l'effetto che le dava alla passera.

Diamine, le piaceva *eccome*.

"Se non cominci a leccare quello che stai guardando, Wesley, dovrò prendere la situazione in mano." Jillian si leccò le labbra prima di farsi scivolare una mano lungo il ventre. Sussultò quando Wes le bloccò il polso.

"Tieni le mani sul tavolo. Ti serviranno per mantenere l'equilibrio."

Eccitata oltre misura, Jillian obbedì, poi gemette a lungo quando lui le affondò il viso tra le gambe e cominciò a leccarla. Jillian gettò la testa all'indietro e inarcò i fianchi, voleva di più. Wes fece entrare e uscire la lingua da lei per stuzzicarla. Quando lei aprì gli occhi, guardò verso il basso e si vide la testa bruna di Wes tra le gambe, venne immediatamente, con una scarica di brividi. Wes le succhiò il clitoride e lo morse delicatamente durante l'orgasmo, che divenne ancora più intenso; poi si alzò e si asciugò la barba curata.

"Hai un sapore fantastico."

Con la testa pesante, Jillian sbatté le palpebre e

guardò l'uccello di Wes, voleva vederlo tutto. "Posso avere un assaggio?"

"La prossima volta," disse lui, mentre si slacciava i jeans e si spogliava.

Jillian rimase a bocca aperta mentre lo guardava, con i muscoli grandi e lisci e la forza che racchiudevano. L'uccello era lungo e con la punta bagnata e Jillian non vedeva l'ora di averlo dentro di sé. Niente di quello che aveva nel cassetto speciale in camera poteva rivaleggiare con la gloria che aveva davanti.

"Mi piace la tua espressione," disse lui con una risata .

Jillian lo guardò: quell'interruzione lasciò che si facessero strada i pensieri su quello che lei cercava di ignorare. Deglutì rumorosamente e Wes doveva averglielo visto in faccia perché, subito dopo, si infilò un preservativo che doveva aver tenuto nel portafogli e le mise le mani sul viso, per baciarle le labbra, le guance, la mascella.

Jillian si avvolse intorno a lui, aveva bisogno di averlo dentro più di quanto potesse esprimere a parole. "Dentro di me. Ho bisogno che tu sia dentro di me."

"Sono qui, Jilli, sono qui." Poi entrò dentro di lei, che si allargò e gemette. Jillian si portò sul bordo del tavolo e sollevò le gambe in modo che Wes potesse andare più a fondo. Quando lui si mosse, Jillian si mosse con lui: ondeggiavano lentamente e in modo rilassato mentre Wes la faceva venire di nuovo e la seguiva poco dopo. Non era il calore rapido di cui Jillian credeva di avere bisogno.

Era di più.

E ciò la spaventava.

"Jillian..." Wes poggiò la fronte contro quella di lei. "Non piangere, piccola. Non piangere."

Jillian non si era nemmeno accorta di essere in lacrime finché non lo aveva detto lui ma, quando se ne accorse, pianse ancora di più. Wes era ancora dentro di lei, ma la tenne stretta mentre singhiozzava, lasciò che le emozioni che Jillian aveva tenuto a bada fino a quel momento straripassero.

Wes la tenne stretta.

Quando si sarebbe finalmente svegliata da quel dolore, Jillian avrebbe dovuto ricordarselo... anche se non sapeva cosa significasse.

Capitolo tredici

Erano passati quattro giorni da quando Wes aveva fatto l'amore con Jillian e l'aveva tenuta stretta mentre piangeva. Se fosse stata un'altra donna gli sarebbe sembrato strano che piangesse in quel modo dopo aver fatto l'amore e mentre lui era ancora *dentro* di lei.

Ma si trattava di Jillian e, anche se Wes aveva cercato di non cascarci, la conosceva più di quanto pensasse. Non piangeva per lui, ma per tutto il peso che aveva sulle spalle. Lui l'aveva solo aiutata a lasciarsi andare.

Wes passò una mano fra i capelli e si sedette sul divano. Loro due si parlavano al lavoro tutti i giorni e si mandavano messaggi, anche se era ancora un po' strano. Non sapevano come definire quella relazione e Wes non era sicuro di se e cosa sarebbe successo dopo, ma il loro rapporto era cambiato.

Wes sbuffò e si prese la testa tra le mani. Cambiato? Quello sì che era dire poco. Stavano percorrendo quella strada, qualunque essa fosse, da molto più tempo dei quattro giorni in cui Wes non aveva fatto altro che pensare a quello che era successo.

La verità era che, anche se Wes aveva passato il tempo a pensare all'evolversi della situazione, non gli sembrava strano. Ok, forse un po', ma non così *tanto*. Avrebbe dovuto sembrargli più strano, tenuto conto del fatto che Jillian aveva avuto una relazione con Storm, per quanto fosse stata poco convenzionale e Wes l'avesse capito solo quando era quasi stato troppo tardi.

Quando in quei giorni pensava a Jillian, pensava solo a *lei*. Solo Jillian. La donna con cui aveva litigato, che aveva baciato, con cui aveva litigato ancora, che poi aveva sentito sotto di sé, sopra e intorno finché non erano venuti fino a restare senza fiato.

Non era più la ex di Storm.

Era Jillian.

La *sua* Jillian? Beh, quello Wes non lo sapeva e non era sicuro se l'avrebbero mai scoperto. Fino a quel momento, erano stati bravi a lasciarsi alle spalle quel giorno e non parlarne, ma Wes sapeva che se *non* si dicevano se avessero voluto andare avanti in... qualsiasi fosse la direzione in cui stavano andando, avrebbero raggiunto il livello di imbarazzo che Wes temeva.

Voleva avere una relazione con Jillian? In tutta onestà, Wes non aveva idea di cosa volesse. Stava cercando qualcuno con cui condividere la vita, questo lo sapeva, ma poteva essere Jillian, quella persona? Lei lo faceva *sentire*. Questo era certo. Infatti, ogni volta che c'era Jillian, Wes sperimentava ogni tipo di emozione, ma era *davvero* quello che voleva?

"Dio," borbottò fra sé. Idealmente, Wes stava mettendo sullo stesso piano una relazione con Jillian con la possibilità che sarebbe durata per sempre, come era successo agli altri membri della famiglia. Per quanto Wes non volesse rimanere indietro mentre tutti i membri della famiglia si accasavano, sarebbe stato giusto mettere Jillian in quella posizione? Lo voleva davvero?

Forse stava pensando troppo un'altra volta.

Ok, non c'era un forse. Una volta che Wes si metteva a rimuginare, per smettere ci voleva una botta in testa o un bel po' di alcol.

Qualcuno suonò al campanello prima che Wes

lasciasse andare quei pensieri per un sentiero ancora più contorto. Sospirò prima di alzarsi dal divano e andare a vedere chi potesse venire a casa sua nel pomeriggio. Tenuto conto che i familiari avevano la tendenza ad arrivare all'improvviso se sapevano che lui era a casa, probabilmente era uno di loro.

Ma quando aprì la porta non si trovò davanti un familiare: era Jillian, con una confezione da sei birre in una mano e un sacchetto di carta marrone nell'altra. Wes non poté fare a meno di sorridere quando la vide e ciò avrebbe dovuto fargli capire molto più di tutti i pensieri contorti che gli erano passati per la testa prima di ritrovarsi Jillian davanti.

"Ehi," disse Jillian, dopo essere rimasti a lungo in silenzio.

"Ehi," disse lui con dolcezza.

Jillian si schiarì la gola. "Allora, ehm, forse ti starai chiedendo perché sono qui." Prima che Wes potesse rispondere, lei continuò. "Ho portato delle birre e dei panini per pranzo perché mi sentivo strana e non voglio. Allora, posso entrare e passare del tempo con te? Non dobbiamo ehm... parlare o che, ma mi sembra strano *non* starti accanto e quasi evitarti per via di questo imbarazzo."

Wes rise e si spostò per lasciarla passare. Gli fece piacere che Jillian fosse così diretta e la ammirava.

Wes avrebbe cercato di essere altrettanto onesto e diretto con lei. Le prese di mano le birre e si chinò, per poi sfiorarle le labbra con le proprie. Jillian inspirò e Wes pensò di aver rovinato tutto, ma lei si sporse e ricambiò il bacio.

"Sono felice che tu sia passata."

A Jillian si illuminarono gli occhi. "Davvero? Beh, ora sono felice di essere venuta. Cioè... di essere venuta qui. Non venuta come sul mio tavolo."

Wes rise dal naso e scosse la testa prima di prendere Jillian per mano e portarla in cucina. "Metto la birra in frigo e la beviamo dopo, se per te va bene. Non ho dormito molto e una birra adesso mi metterebbe al tappeto."

Jillian fece una smorfia. "Sì, avrei dovuto portare una bibita invece di qualcosa di tosto, ma non ci ho pensato. In più, ogni volta che devo parlare con... ehm... altri amici e passare il tempo, di solito porto una confezione da sei e del cibo."

Wes fece una smorfia come quella di Jillian e si appoggiò al piano della cucina. "Intendi Storm. Porti birra e cibo quando devi parlare con Storm."

Jillian lasciò il pranzo sul mobile accanto a Wes, si appoggiò al piano e si passò le mani sul viso. "Sì. È ancora il mio migliore amico, Wes. E adesso è strano. Odio quando succede."

"Non dovrebbe, però. Cioè, sì, non è esattamente facile pensare a te e mio fratello, ma è il passato." Wes sospirò. "È passato. Credo che, una volta che avremo superato l'imbarazzo nel parlare di lui, possiamo andare avanti. È tuo amico. È mio fratello. Sarà sempre parte delle nostre conversazioni. Lavora con entrambi e non se ne andrà. Diamine, non *deve* andarsene."

Jillian si leccò le labbra con la fronte aggrottata per un attimo, e Wes riuscì solo a guardarle la lingua e immaginarla su qualcosa che non fossero le labbra di lei.

"Andare avanti? Stai dicendo che vuoi andare avanti con me? Con il nostro rapporto? O andare avanti nel senso di non parlarne mai più?"

Wes sospirò, avanzò verso di lei e le prese il viso tra le mani. "Ho pensato per quattro giorni alla risposta a questa domanda e, finché non sei entrata e mi hai fatto ridere, non ero sicuro di cosa avrei detto." Si sporse in avanti e le sfiorò di nuovo le labbra. "So che è complicato. So che probabilmente combineremo un sacco di casini, ma non voglio che quello che c'è tra noi finisca. Voglio conoscerti per come siamo adesso. Ti voglio nel mio letto. Ti voglio e basta."

Jillian gli sorrise contro le labbra e si ritrasse per

poterlo guardare. "Stranamente, nemmeno io ero sicura di quale sarebbe stata la mia risposta finché non ti ho visto. Sono d'accordo sul fatto che la situazione diventerà difficile. Dobbiamo anche dirlo a Storm prima che diventi più seria. Certo, considero fare sesso piuttosto importante, per cui potremmo già aver combinato un casino."

"Forse. Sono d'accordo con te sul fatto che dobbiamo dirlo a Storm: per quanto non sia parte di ciò che c'è tra noi, mio fratello rimane parte delle nostre vite, perciò non voglio renderla una questione troppo grossa." Wes sospirò. "Perché se diamo troppa importanza alla reazione che potrebbe avere ho la sensazione che rovineremo tutto."

"Ora sono confusa e sento come se stesse diventando tutto un po' troppo," disse Jillian con una risata. "Siamo *troppo* complicati, anche se continuiamo a dire che non vogliamo complicare tutto."

Wes le passò le dita sulle braccia. "Abbastanza. Allora, perché non mi dici cosa vuoi? Io agirò di conseguenza."

"Vuoi che cominci io?" chiese lei, evidentemente non molto incline.

"Come strapparsi via un cerotto, giusto?" chiese Wes con una risata.

Jillian alzò gli occhi al cielo. "Sì, perché parlare

del se abbiamo o no una relazione è come una ferita aperta."

Risero entrambi. "Ok, lo strappo prima io. Ti voglio, come ti ho già detto. Voglio vedere dove andremo a finire. Sì, litighiamo, ma in tutta onestà credo che mi ecciti."

"Sei un cretino." Jillian fece una pausa. "Ma eccita anche me." Arrossì e Wes le passò il pollice sulla guance "E cosa voglio? Beh, quello che vuoi tu, credo. Non voglio rovinare il nostro rapporto lavorativo. Non voglio fare del male ai nostri amici, ma ti voglio. Voglio vedere cosa succede. So che probabilmente sono nel momento peggiore della mia vita per mettermi a cercare un uomo, ma il fatto è che, quando ho spinto Storm a mettersi con Everly, mi sono detta che avrei trovato anch'io la felicità. O almeno ci avrei provato. Dopo un po' troppi appuntamenti sbagliati, voglio vedere che succede con te." Jillian lo guardò, con gli occhi carichi di emozione. "Ti sembra abbastanza?"

Wes le passò un dito lungo la mascella, con il cuore che batteva forte. "Credo che sia esattamente quello che ci serve. Proviamoci. Vediamo che succede. Vorrei prometterti che non ti farò del male né danneggerò il tuo rapporto con Storm, ma non posso. Ciò che *posso* prometterti è che ci proverò."

"Allora..." disse lei dopo un attimo.

"Allora..." Wes si schiarì la gola. "Perché non prendiamo quelle birre e il pranzo e andiamo a sederci fuori sul portico? Poi posso farti vedere la casa. Sto lentamente restaurando la stalla per trasformarla in un laboratorio, ma ci vuole ancora tempo."

A Jillian si illuminarono gli occhi. "Ti serve un idraulico? Conosco qualcuno che potrebbe aiutarti."

"Oh, davvero? Stavo pensando a una persona che lavora con me, ma ho sentito dire che è antipatica."

Wes schivò il pugno di Jillian e rise, per poi stringerla a sé e baciarla. "Dopo mangiato ti faccio vedere."

"Mi sembrava che avessi detto che la birra ti fa venire sonno," disse Jillian, riferendosi al commento di poco prima.

"Non credo che potrebbe mai venirmi sonno con te," sussurrò Wes. "Mi mandi troppo su di giri."

Jillian sorrise. "Oh, Wesley, quanto sei dolce."

"Hai mai fatto sesso in una stalla?" chiese Jillian dopo aver finito di mangiare e di girare casa.

Wes inciampò e quasi cadde di faccia. "Ehm... credo di no."

Jillian inclinò la testa. "Interessante."

Wes rise e la strinse a sé. "Mi stai facendo una proposta?"

Jillian gli morse la mascella. "Beh, non è che siamo in una stalla piena di mucche che ci fissano."

Wes gemette quando Jillian fece scivolare una mano tra loro e gli strizzò l'uccello da sopra i jeans. "Mi ucciderai, donna."

"Questo lo dici tu."

Wes la baciò con foga, le prese il sedere fra le mani e la strinse a sé, in modo che la mano di Jillian fosse intrappolata tra loro. "Sai, quando ti ho detto di volerti portare qui era per farti vedere il mio lavoro, non per toglierti le mutande."

"Mi hai fatto vedere gli schizzi, Wesley." Gli fece l'occhiolino prima di tornare seria. "Adoro questo posto. Hai un grande talento e so che questo laboratorio sarà fantastico, una volta finito. Ma non ti approfitterai di me prendendomi con forza nella stalla."

Wes non poté fare a meno di ridere al modo esagerato con cui Jillian aveva detto l'ultima parte della frase. "Volevo uscire con te almeno una volta prima di andare a letto di nuovo," disse, mentre si dondolava nella stretta di lei.

"Stiamo facendo tutto al contrario, ma credo che mi stia bene così. Possiamo uscire per il nostro primo appuntamento dopo che abbiamo fatto di nuovo sesso."

Wes rise dal naso. "Beh, forse il nostro primo appuntamento è stato quando siamo rimasti chiusi nell'ascensore. E il secondo adesso che abbiamo pranzato. Che ne dici?"

"Per niente convenzionale, Wesley. Non ti credevo un tipo alternativo."

"Oh, Jilli, se solo sapessi."

"Beh, Wesley, ti ho appena chiesto di prendermi con forza nella stalla. Perché non mi fai vedere?" Agitò i fianchi contro di lui e Wes gemette.

"Attenta a quello che desideri," ringhiò lui, mentre le mordeva la mascella.

"Una promessa è una promessa." Jillian si leccò le labbra e Wes dovette baciarla.

Fu più forte di lui.

Wes le passò le mani addosso e le afferrò i fianchi in modo che ondeggiassero insieme in quello che sarebbe diventato il laboratorio. Rimasero stretti l'uno contro l'altra mentre si baciavano e si esploravano.

"L'ultima volta mi hai lasciata con una voglia *ben precisa*," disse velocemente Jillian mentre si ritraeva.

"Ah sì?" le chiese lui.

"Sì. Ora aiutarmi a toglierti quei pantaloni

perché se non avrò il tuo uccello in bocca nel giro di sessanta secondi, potrei arrabbiarmi."

Wes non poté fare a meno di ridere con lei mentre si slacciava la cintura e i jeans. Jillian lo aiutò ad abbassarseli lungo i fianchi fino alle ginocchia.

"Allarga un po' le gambe," gli ordinò mentre si inginocchiava davanti a lui e gli toccava l'uccello attraverso i boxer neri. Wes le passò una mano tra i capelli e gemette quando Jillian lo succhiò attraverso il cotone.

"Non è giusto che io non possa vedere le tue belle tette mentre sei occupata."

Jillian sorrise e si spostò all'indietro per togliersi la maglia. Si tolse il reggiseno in un attimo e Wes non poté fare a meno di allungare una mano per toccarle il seno.

"Quanto sei sexy, cazzo," ringhiò, mentre le sfregava un capezzolo con le dita dure. Si inturgidì sotto quel tocco, allora Wes lo strinse e adorò il modo in cui Jillian gemette. Alla sua Jilli piaceva un po' di dolore mentre giocavano, avrebbe dovuto ricordarselo.

"Merda, quasi dimenticavo." Jillian si alzò velocemente e si mise una mano nella tasca dei jeans. Dato che lei era lì e Wes non poteva farne a meno, si chinò a succhiare un capezzolo, mentre le palpeggiava l'altro seno. Jillian gemette e si appoggiò a lui. "Diamine, Wesley, sei bravo."

Wes la morse delicatamente prima di rivolgere l'attenzione all'altro seno. "Ci provo."

"Beh, smettila, perché volevo succhiartelo e ora non posso, se mi fai bagnare ed eccitare con la bocca sulle tette. Ora, prendi questo." Gli porse un preservativo e lui sorrise. "Me ne dimentico se non te lo do adesso. Se non ti dispiace, adesso ho un uccello da succhiare." Con quelle parole, si chinò di nuovo con indosso solo i jeans e gli stivali, gli liberò l'uccello dai boxer e gli fece il miglior pompino che Wes avesse mai ricevuto.

Wes vide letteralmente le stelle mentre Jillian gli succhiava la cappella e gli passava la lingua sulla fessura. Con una mano, prima andava su e giù lungo l'asta e poi gli stringeva le palle, mentre con l'altra gli conficcava le unghie nella coscia.

Santo. Cielo.

Se Wes non avesse prestato attenzione, sarebbe venuto troppo in fretta. La allontanò rapidamente in modo che Jillian gli stesse davanti: Wes aveva l'uccello bagnato e talmente duro che, se fosse andato a sbattere, avrebbe sicuramente rotto qualcosa.

"Per quanto voglia venirti in gola, non sono più tanto giovane, lo sai. Se vengo adesso, non riuscirò a usare quel preservativo e scoparti fino a farti perdere i sensi. Scegli tu. Posso ancora leccartela e farti venire in questo modo, sai quanto lo vorrei. Ma stavo pensando di usare quella vecchia coperta e metterla sul cavalletto, piegartici sopra e scoparti da dietro. Dimmi tu. Ti scopo da dietro o te la lecco dopo che hai ingoiato?"

Jillian sbatté le palpebre e, in tutta risposta, si slacciò rapidamente i pantaloni e si tolse gli stivali con tanta fretta da quasi cadere.

"Ehm... qual è la tua risposta, Jilli? O la lingua o l'uccello. Ti farò stare bene in ogni caso, ma devi dirmi cosa vuoi."

Jillian si leccò le labbra mentre si toglieva i pantaloni e Wes quasi venne. "Quel coso. Non sono mai stata piegata su un cavalletto da legna e sono tanto eccitata che sono sicura di diventare fradicia al solo pensiero. La prossima volta, vecchio mio, facciamo un sessantanove e ci lecchiamo allegramente a vicenda. Ma adesso, scopiamo."

Wes non riuscì a trattenersi e rise mentre si spogliava. "Adoro che tu sia volgare quanto me."

Jillian allungò una mano verso di lui e lo prese per l'uccello. "Tu in pubblico lo nascondi meglio di me."

"Vero. Ma mi piaci così come sei." Per dimostrarlo, allungò una mano fra loro e gliela mise sulla passera. Era già tanto bagnata che gli si inzuppò la mano ancor prima di poter infilare due dita nella fessura molto stretta e impossibilmente calda.

"Argh." Wes non era sicuro se quella fosse stata una parola o un gemito, ma non gli importava. Continuò a guardare Jillian negli occhi mentre muoveva le dita dentro e fuori da lei, piegandosi per arrivarci. Appena le sfiorò il clitoride con il pollice, Jillian venne, con la passera che le si stringeva intorno al dito di Wes e tutta tremante. Gli si aggrappò alle spalle e lui spinse più forte, col desiderio di continuare a farsela venire sulla mano.

"Così, Jilli. Supera il primo orgasmo così posso farti continuare più a lungo quando ti scopo."

"Pro-mes-se." Batté i denti quando lo disse e Wes la baciò con foga: aveva bisogno delle sue labbra, della sua lingua, di *lei*.

Quando lui si allontanò, corsero al cavalletto talmente veloce da inciampare l'uno sull'altra. Ci misero sopra la coperta e Wes si infilò il preservativo mentre Jillian si piegava, il sedere tanto sodo e tondo che Wes dovette chinarsi a morderlo.

"Ehi!" disse lei mentre si girava per guardarlo male, anche se aveva gli occhi che le ridevano. "Siamo un po' pervertiti?"

"Non l'hai ancora visto, il mio lato pervertito." Prima ancora che lei potesse rispondere, Wes spinse dentro di lei fino in fondo con un solo movimento. A Jillian quasi si rovesciarono gli occhi e tremò. Wes non aspettò che si calmasse, anzi continuò a pompare, avanti e indietro, con un vigore tale da temere di rompere il cavalletto.

Non gliene fregava.

La scopò con forza, con l'uccello in tensione e le palle che si contraevano. "Usa le dita per venirmi sull'uccello, Jilli. Fammi vedere quanto sei sexy. Quanto cazzo mi ecciti."

Jillian obbedì e si passò una mano sul clitoride. Le bastarono un paio di rapidi tocchi per venire, Wes riempì il preservativo e urlarono l'uno il nome dell'altra.

Prima che uno dei due potesse pensare a cosa dire dopo un orgasmo del genere, qualcuno si schiarì la gola dietro di loro. Wes e Jillian si voltarono e si immobilizzarono.

Era Storm, con una mano sugli occhi e l'altra allungata davanti a sé. "Ehm, io... io non sapevo che foste qui. Ma, ehm... continuate. O forse avete appena finito, da quel che ho sentito. Oddio, i miei occhi. Credo stiano bruciando. Ma... ehm... me ne vado. Dimenticate che sono stato qui. Ma, ehm...

sappiate solo che va bene. Mi sta bene. Sono felice per voi. Beh, non di aver visto qualcosa che mi darà gli incubi perché, santo cielo, Wes, *non* avevo proprio bisogno di vederti il culo in quel modo. Ma sono felice per voi. E adesso me ne vado. E, beh... ciao."

Storm se la diede a gambe e Wes rimase lì, ancora infilato fino alle palle dentro Jillian. I due si guardarono e reagirono nell'unico modo possibile.

Risero.

"Beh, adesso abbiamo proprio vuotato il sacco," disse Wes mentre usciva da lei.

"Bel modo di metterlo al corrente," disse Jillian con una risata. "Allora... è tutto a posto?" Si morse il labbro mentre aspettava risposta.

Wes si chinò e la baciò con dolcezza. "Sì, è tutto a posto. Credo che lo sarà anche per Storm appena si toglie quest'immagine dalla testa."

"Eravamo molto belli, però, per dire."

Wes la strinse a sé. "Eravamo più che belli."

Quando si strinsero di nuovo l'uno all'altra, Wes seppe che sarebbero stati bene. Per quanto riguardava Storm, beh, ci avrebbero parlato presto. Da come sembrava, però, la situazione con il fratello doveva essere tranquilla.

Wes sperò che fosse vero perché non avrebbe voluto pensare all'alternativa.

Capitolo quattordici

A Jillian facevano male le cosce, i fianchi, la testa... Le faceva male *tutto*. Ma, dato che era indolenzita perché Wes l'aveva scopata per bene per tutta la notte, non poteva lamentarsi.

Chi avrebbe potuto immaginare che Wes Montgomery avrebbe potuto farle vedere le stelle quattro volte in una notte e farle avere ancora voglia? Era stato un modo spettacolare di passare la serata, ma poi era sorto il sole e lei e Wes avevano dovuto prepararsi per la giornata di lavoro.

Ovviamente, arrivò la notte successiva e, purtroppo, Jillian non l'avrebbe passata con Wes. Per alcuni aspetti andavano in fretta, ma per altri procedevano lentamente. Dato che dovevano andarci piano,

Jillian avrebbe passato la serata con le amiche come aveva progettato e avrebbe visto Wes al lavoro il giorno successivo. Avrebbero anche potuto provare a infilarci un appuntamento o due.

Per quel che riguardava il lavoro, Jillian si era ripromessa che *non* sarebbe diventato complicato. Lei e Wes ne avevano parlato a lungo durante la notte e avevano deciso che, dato che Storm era al corrente, lui e Decker, appena lo avesse saputo, avrebbero dato indicazioni a Jillian sul campo. In quel modo, Jillian non avrebbe dovuto rispondere direttamente a Wes per le questioni di lavoro. Sì, Wes sarebbe rimasto tecnicamente il capo, dato che era il titolare dell'azienda, ma siccome Jillian lavorava su molti cantieri e non solo su quelli in cui c'era lui, avrebbero trovato un modo per far funzionare tutto. La famiglia era comunque tanto interconnessa all'azienda che era difficile mantenere una politica rigida contro le relazioni personali.

Ma tutte quelle preoccupazioni sarebbero venute dopo. Per il momento, Jillian le avrebbe messe da parte e si sarebbe goduta la serata con le ragazze Montgomery. Dato che era amica di Everly e Storm, era stata invitata ad alcuni di quegli incontri e si era divertita. Qualche volta si erano viste al Taboo, altre a casa di una di loro. Quella sera si sarebbero riunite a casa di Autumn, dato che era una delle poche senza figli; considerato che avevano intenzione di bere, non sarebbero andate a casa di Tabby e Alex. Alex era ancora in convalescenza e portargli la tentazione in casa sarebbe stata una mossa idiota.

Da quello che Jillian aveva capito da quando conosceva i Montgomery, davano il meglio di sé per non cambiare la routine per Alex: gli dava fastidio, perciò loro cercavano di non rendergli la vita difficile. Il che significava che agli eventi di famiglia l'alcol c'era, ma cercavano di non renderla un'*abitudine*. Jillian poteva solo rispettare e un po' invidiare il modo in cui funzionavano così bene come famiglia.

"Sei di nuovo persa nei tuoi pensieri," disse con una risata Sierra, la moglie di Austin. "Che ti passa per la testa?" Sierra sorrise, i lunghi capelli quasi color ambra luccicavano. Era notevolmente bella e sempre molto posata. Se Jillian avesse avuto un po' di stile, avrebbe fatto acquisti da Eden, la boutique di Sierra che era dall'altro lato della strada rispetto al Taboo e alla Montgomery Ink. Ma purtroppo non sarebbe mai successo.

"Oh, niente, è stata solo una lunga serata." Jillian bevve un lungo sorso di birra e cercò di sembrare innocente. Aveva le guance rosse? Certo che no.

"Mmh," disse Miranda, con un'espressione

fintamente seria sul viso. "Conosco quell'espressione. È la faccia di una che ha appena scopato. *Mi piace.*"

Meghan rise e prese il lavoro a maglia. Stava diventando molto brava, Jillian e Adrienne invece erano probabilmente delle cause perse. "Racconta tutto alla mamma."

"Non c'è niente da raccontare," mentì Jillian.

"Ooh," disse Autumn appena arrivò insieme a Tabby, con un uomo bellissimo alle spalle. "Cosa ci nasconde Jillian?"

Everly si appoggiò alla spalla di Jillian e rise. "Forse io lo so."

Jillian si voltò a occhi sgranati verso l'amica. "No, non lo sai."

L'amica, nonché fidanzata di Storm, sogghignò. "Forse sì."

"Ok, adesso devi dircelo," le ordinò Maya. "Ma prima... ciao, Dare, è bello rivederti."

Jillian scosse la testa e guardò l'uomo bello e robusto.

"Lui è mio fratello, Dare," spiegò Tabby. "È qui per darmi fastidio."

"In realtà, ho degli impegni in zona," disse Dare, divertito.

"Hai un bar in Pennsylvania, come fai ad avere

impegni qui in Colorado?" chiese Tabby, battendo il piede.

Dare le diede un buffetto sul naso e lei sbuffò. "Impegni di cui la mia sorellina non deve sapere."

"Parla di sesso," aggiunse opportunamente Maya. "Sta con una donna della zona. O un uomo. O entrambi." Fece l'occhiolino. "Per dire." Dato che Maya stava con due uomini, Jillian non poté fare a meno di ridere all'idea che potesse essere vero.

"Grazie, Maya," rispose secco Dare. "E comunque, buonasera signore. Scusatemi se mi sono autoinvitato, ma Tabby e Autumn hanno detto che dovevo almeno passare, dato che non resterò a lungo in città."

"Sì, resta!" disse Miranda mentre si alzava. "Se vuoi puoi farci da bartender. Ti promettiamo che le trecce e le battaglie di cuscini ce le faremo più tardi."

Jillian non poté trattenersi dal ridere quando tutti cominciarono a parlare contemporaneamente. Quando si riuniva un gruppo di Montgomery, si faceva chiasso, questo era certo, e meno male che lì ce ne erano soltanto *alcune*. Tenuto conto che stava per tenersi l'enorme Riunione della Famiglia Montgomery, a cui Marie Montgomery aveva invitato Jillian, la ragazza aveva paura di quanto potesse essere rumoroso quel particolare evento.

Dare le guardò e si passò una mano sulla barba. Jillian non era mai stata una grande fan della barba finché non aveva conosciuto i Montgomery e poi aveva finito col non poterne più fare a meno. Le piaceva il modo in cui la barba di Wes, quando ce l'aveva, le grattava lungo l'interno coscia: il fatto che ogni barba le ricordasse Wes era una novità.

"Che ne dici se te le presento?" disse Tabby velocemente, mentre prendeva il fratello per il braccio. "L'ultima volta non hai conosciuto tutti. Sai, la volta in cui tu, Fox e Loch avete deciso di mettervi contro Alex per assicurarvi che mi trattasse bene?"

Jillian sorrise insieme alle altre, ma non rise. Qualcuno avrebbe affrontato Wes per lei? Storm? No, non era lo stesso, vero? Non le era rimasto nessuno che si assicurasse che la trattassero bene. Si passò una mano sul petto, quel dolore familiare non era diminuito ma almeno Jillian ci si stava abituando.

"Allora, lei è Sierra, la moglie di Austin. Lui e Maya, la sorella di Alex, sono i proprietari della Montgomery Ink." Tabby indicò la donna piena di tatuaggi e piercing seduta sul pavimento accanto al tavolino. "Maya è sposata con Jake e Border, ma non credo che tu li conosca. Vicino a Maya c'è Miranda, un'altra sorella di Alex. È sposata con Decker, che lavora con me alla Montgomery Inc. Poi c'è Meghan, l'ultima sorella, anche lei lavora alla Montgomery Inc. ed è sposata con Luc, un altro collega." Tabby rise quando Dare sgranò gli occhi davanti a tutte quelle informazioni. "Rimanendo nell'impresa edile, anche Jillian, laggiù, lavora con noi, così come Storm, il fidanzato di Everly. Anche Storm è un Montgomery e il fratello gemello lavora con me." Sospirò in modo plateale e tutti risero. "Poi c'è Autumn, che è fantastica e lavora di tanto in tanto alla Montgomery Ink, il negozio di tatuaggi. In più è la moglie di Griffin, l'ultimo fratello Montgomery. Grazie al cielo, te ne vai prima della riunione di famiglia della settimana prossima, o dovrei presentarti altri quaranta parenti che nemmeno conosco."

Dare rimase in silenzio tanto a lungo che Jillian temette che lo avessero messo al tappeto. Alla fine, si schiarì la gola. "Ehm, ciao. Io sono Dare, ma lo sapete già. Da adesso in poi vi chiamerò con le lettere dell'alfabeto, che cambierò ogni volta che vi vedo perché, buon Dio, Tabby, non so se avresti potuto confondermi di più. Non sei tu quella organizzata?"

Tabby gli fece una linguaccia e lui le pizzicò la guancia. Un gesto da fratello maggiore, non che

Jillian ne avesse esperienza, dato che non le era rimasto più nessun familiare.

Bevve un altro sorso di birra, infastidita da quei pensieri tanto sconnessi. Sì, era a lutto, ma non doveva piangersi addosso per qualcosa che non avrebbe mai avuto.

"Per quel che riguarda la faccenda del bartender," continuò Dare. "Posso farlo per un po'. Non riesco mai a vedere Tabs da quando si è trasferita in questo posto sperduto."

"Scusa? Vivo a *Denver*. Sei tu che vivi nella nostra piccola città natale in cui credono che esista ancora il proibizionismo."

I due fratelli continuarono a battibeccare, poi seguirono Autumn in cucina e lasciarono le altre a ridere in modo incontrollato. A Jillian piaceva poter ridere e sentirsi libera quando non lo era affatto.

Dare tornò con dei margarita e un drink speciale di cui si rifiutò di rivelare gli ingredienti (Jillian sapeva che sarebbe stato troppo per lei, dato che doveva guidare), poi si congedò e lasciò le ragazze a scherzare e, ovviamente, parlare di uomini.

Jillian appoggiò la birra sul tavolino e aggrottò la fronte quando vide un paio di occhiali da lettura infilati tra i cuscini del divano. Li tirò fuori e guardò le lenti per vedere se si potevano salvare:

sbatté le palpebre quando vide che non erano graduate.

"Ehm, ho trovato degli occhiali finti tra i cuscini del divano," disse Jillian, poi li passò ad Autumn. "A cosa servono? Sono quelli che filtrano la luce blu degli schermi?"

Per qualche motivo, a quella domanda la rossa avvampò. "Ehm... beh..."

"Oddio," disse Maya ridendo. "Li usi per i giochi erotici con Griffin, vero? Cioè, certe volte gli fai da assistente personale, no?"

"Oh! Quindi scrivi tutte le sue *cazza*te?" disse Tabby, mentre alzava e abbassava le sopracciglia ripetutamente.

Se possibile, Autumn arrossì ancora di più.

Maya si coprì gli occhi con le mani ed emise un lamento. "Perché mi sono messa da sola quell'immagine in testa?"

Meghan fece cozzare con forza i ferri da calza e rise. "Maya, tesoro, fai sesso non con uno, ma due uomini in ogni angolo della casa e ti preoccupi delle immagini che hai in testa? Per favore."

Quel commento fece ridere tutte e finirono col parlare dei posti più strani in cui avevano fatto sesso. Il fatto che tre di loro fossero sorelle e le altre fossero sposate con i fratelli Montgomery rendeva la conversazione ancora più divertente, dato che Maya, Meghan e Miranda cercavano di chiudere occhi e orecchie in alcuni punti.

"Allora, Jillian, dicci il posto migliore in cui hai fatto sesso," disse Autumn, dopo aver indossato gli occhiali. Tutte si misero a ridere.

Everly diede una pacca sul braccio a Jillian. "Se è stato con Storm va bene. So che il mio uomo è bravo a letto."

Wes è stato meglio.

Non che Jillian lo avrebbe detto, ma...

"Da dietro, su un cavalletto da legna," si lasciò sfuggire. "Davvero. Il. Migliore."

"Tu e Storm avete fatto sesso su un cavalletto?" chiese Tabby a occhi sgranati.

Everly la guardò divertita e Jillian si nascose il volto tra le mani. "Non era Storm, vero, Jillian Reid? Era l'uomo di cui non ci vuoi dire niente." Fece schioccare la lingua e Jillian era certa che prima o poi l'avrebbe strozzata.

"Dai, diccelo!" esclamò Miranda, le altre si unirono a lei in una cantilena.

"Va bene." Jillian alzò le mani. "Va bene. Era Wes. Quel cavolo di Wes Montgomery. Proprio quel Wes. Il fratello gemello di Storm. Mi ha fatto vedere le stelle e sono quasi svenuta. Il miglior sesso di sempre e sono sicura che la prossima volta che ci vedremo sarà anche meglio."

Rimasero tutte in silenzio per un attimo prima che Maya alzasse le braccia vittoriosa. "Lo sapevo! Ve l'avevo detto! Voi dubitate del mio radar, ma io percepisco la tensione sessuale a un chilometro di distanza."

"Disse la donna che ci ha messo dieci anni a rendersi conto di essere innamorata del suo migliore amico, ma comunque," mormorò Meghan, mentre continuava a sferruzzare senza nemmeno alzare lo sguardo.

"Senti chi parla," ritorse Maya e le ragazze risero di nuovo.

"Sono felicissima per te," sussurrò Everly, mentre le altre cominciarono a riempirla di domande per le quali Jillian non era sicura di avere una risposta.

"Non ti mette in imbarazzo?"

"Assolutamente no," disse rapidamente Everly, con voce sicura. "È come è giusto che sia e noi ti appoggiamo."

"Certo," si inserì Maya.

Jillian sorrise e si rilassò quando nessuna le diede l'impressione di giudicarla. Quelle persone erano troppo belle per essere vere e Jillian non si sarebbe più nascosta da loro e dal conforto che le davano.

Mangiarono pizza, molte di loro bevvero più del solito e Jillian rise con loro. In molte non dovevano lavorare il giorno dopo ma, dato che di solito si alzavano presto per i bambini, non passavano spesso una serata del genere.

Quando fu pronta ad andare a casa, Jillian le salutò e mandò un messaggio a Wes come promesso, dicendogli che era per strada. Le ragazze si fecero andare a riprendere dai mariti, in modo che potessero bere più dell'unica birra che aveva bevuto Jillian; dato che le altre all'inizio non sapevano di Wes, Jillian aveva declinato la sua offerta di accompagnarla e andarla a riprendere.

Quando arrivò a casa, Jillian era esausta e pronta a mettersi a letto. Nonostante le altre non dovessero lavorare il giorno dopo, lei doveva almeno andare a controllare il cantiere del magazzino prima di prendersi il pomeriggio libero. Per quanto Storm e gli altri le avessero detto che poteva aspettare fino a martedì, Jillian non si sentiva a proprio agio ad aspettare dopo quella grossa perdita.

Prese il telefono per scrivere a Wes che era arrivata a casa, il che la fece sentire emozionata, ma si fermò. Aveva una strana sensazione. Si guardò intorno, in allerta. Non c'era niente fuori posto, ma le sembrava proprio come se qualcuno fosse stato in casa. Non sapeva perché, ma c'era qualcosa che la turbava.

Col telefono in mano, Jillian controllò tutta la casa ma non trovò nulla e aggrottò la fronte. Non c'era niente fuori posto. Aveva solo fatto tardi dopo una lunga giornata e stava uscendo di testa.

Mandò il messaggio a Wes e si tolse di testa il pensiero di aver avuto estranei in casa. Non c'era motivo per cui qualcuno sarebbe potuto entrare, perché nessuno aveva la chiave. Forse Jillian stava impazzendo: una strana sensazione non era una prova.

A ogni modo, Jillian si addormentò a pancia in giù, con ancora indosso le scarpe, dopo essersi detta che non c'era nulla di cui preoccuparsi.

Perché non doveva preoccuparsi.

Giusto?

Capitolo quindici

Wes fece un respiro profondo e cercò di non andare nel panico, ma non poteva evitare di sentirsi il petto in una morsa con tutte quelle voci. L'ultima volta che aveva provato a contarli, dovevano esserci stati quarantanove o forse *cinquanta* Montgomery intorno alla casa dei genitori e in cortile. L'enorme casa in cui era cresciuto era piena fino all'orlo di parenti che vedeva quasi tutti i giorni o solo per eventi del genere.

Come avevano fatto i genitori a organizzare quella riunione senza l'aiuto dei figli?

Come diamine avrebbe fatto Wes a ricordare i nomi di tutti i cugini senza guardare il tablet?

La cosa buffa era che lui *conosceva* quelle persone, i loro nomi e visi, ma averli lì tutti insieme lo schiacciava. Non voleva nemmeno pensare a come l'avrebbero presa i membri più recenti della famiglia.

O a cosa avrebbe pensato Jillian.

Diamine, Wes non riusciva a credere che la madre l'avesse invitata, ma d'altronde non gli sarebbe dispiaciuto avere Jillian come ancora di salvezza quando sarebbe arrivata. Wes aveva proprio la sensazione che con tutte quelle persone in un solo posto e con le storie intrecciate che condividevano, la situazione poteva farsi interessante.

O sarebbe stata una noia mortale, ma tutti sarebbero andati a casa chiedendosi comunque perché non si vedevano più spesso.

Non si poteva mai dire come sarebbe andata a finire una riunione della famiglia Montgomery.

"Pronto ad andare?" chiese Storm, mentre si avvicinava a Wes.

Wes non si era proprio nascosto, dato che aveva lavorato tutta la settimana in cantiere con la famiglia (e con Jillian) ma non avevano parlato dell'incidente nella stalla e di ciò che potesse significare.

"Mamma verrà a cercarci prima o poi," glissò Wes.

Storm scosse la testa e rise. "Anche questo è vero." Ci fu una pausa imbarazzata e Wes desiderò avere una birra o una bibita in mano, qualcosa che lo tenesse impegnato invece di farlo sentire in imbarazzo accanto al fratello gemello.

"Allora... tu e Jillian?" Storm non sembrava arrabbiato o frustrato, solo curioso. Nonostante il fatto che Storm non lo avesse preso a pugni nella stalla o al lavoro, Wes temeva ancora che il fratello potesse infuriarsi.

"Già." Deglutì rumorosamente. "So che forse avremmo prima dovuto parlartene, ma..."

"Cavolo, no, non dovete parlarne con me. Sei mio fratello e lei è mia amica, la mia migliore amica. Anche se io e Jillian abbiamo un passato, questo non le impedirà di essere felice. Lei non si è mai messa in mezzo tra me ed Everly. Se vi rendete felici a vicenda, sarei un bastardo se mi lamentassi perché state insieme. Sono sicuro che a un certo punto finirò per dire che se le fai del male o se lei ne fa a te vi prenderò a calci in culo, ma a parte questo non sono affari miei." Storm fece una pausa e, in quell'occasione, non ci fu imbarazzo. "Sono contento per voi. Jillian è una brava ragazza e merita un brav'uomo. Wes, tu sei l'uomo migliore che conosca."

Wes era *sul punto* di mettersi a piangere in casa dei genitori. "Sei un grande. Per dire."

Il sorriso di Storm si allargò. "Sì, è vero. Everly me lo dice ogni sera."

Wes gli mostrò il dito medio, felice del fatto che i bambini fossero fuori a giocare. Gli vibrò il cellulare e si accorse di aver ricevuto un messaggio da Jillian: aveva parcheggiato lungo la strada. Per tutte le auto che c'erano, Wes fu sorpreso che Jillian avesse trovato un parcheggio.

"È arrivata Jillian. Vado a prenderla e poi ci vediamo fuori."

"Siamo d'accordo," disse Storm, mentre guardava fuori dalle finestre che si aprivano sul cortile. "Vieni a cercarmi appena puoi, se necessario ci nasconderemo dai cugini." Gli fece l'occhiolino e se ne andò, mentre il fratello continuava a ridere.

Wes uscì e andò incontro a Jillian, che si stava avvicinando alla casa. "Ehi," le sussurrò con un bacio leggero, dato che per il momento erano soli. Non era sicuro se Jillian volesse essere lì come sua... ragazza, donna, dolce metà... o solo perché l'aveva invitata la madre di Wes. Avrebbe lasciato che decidesse per conto proprio, dato che era la nuova arrivata in quel tipo di situazione.

Jillian si leccò le labbra e Wes trattenne un gemito.

Gli era mancata, cavolo. L'unica notte che erano

riusciti a ritagliarsi durante la settimana non era bastata. Sì, si stava innamorando velocemente di lei ma, diamine, non poteva evitarlo.

"Allora, ci aspettano tipo quaranta tizi barbuti e una manciata di donne tatuate, giusto?" chiese Jillian, con gli occhi che le brillavano.

Wes scosse la testa ridacchiando. "Alcuni dei cugini si sono rasati e Griffin si è appena fatto la barba, dato che ha finito di scrivere il romanzo e gli piace sentirsi umano. Parole sue, non mie. Per quel che riguarda i tatuaggi, beh, alcuni si vedono, ma so che ogni cugino ha o avrà l'iris dei Montgomery. Sai, le iniziali MI al centro di un cerchio con i fiori intorno. Mamma e papà lo hanno progettato come logo dell'azienda anni fa ed è stato tramandato fino a diventare il simbolo della famiglia. Ai cugini è piaciuto e ora è una sorta di tradizione. Ho la sensazione che Leif, il figlio di Sierra e Austin, sarà il primo della nuova generazione a farselo tatuare. Dopo tutto, il padre è un tatuatore e lui è il nipotino più grande."

Jillian gli passò una mano sulla spalla e gli fece l'occhiolino. "Beh, dato che ho leccato il tuo tatuaggio, devo dire che è un bel simbolo."

Wes scosse la testa, poi le baciò i capelli con un sorriso. Lui aveva il logo dei Montgomery tatuato sulla scapola in un muro diroccato circondato da un drago che gli scendeva lungo la schiena. Non era neanche molto grande. Austin e Maya ci avevano lavorato insieme, dato che Wes non aveva tanti tatuaggi come il resto dei parenti e organizzare i due su dei turni era stato l'unico modo per farli contenti.

"Entriamo, Wesley. Non sono in ritardo, visto che tua madre mi ha detto di venire a quest'ora, ma non ho intenzione di *esserlo* perché stai cercando di pomiciare con me fuori di casa."

"Pomiciare? Quanti anni hai?" Le fece l'occhiolino e poi si lamentò quando Jillian gli diede un pugno allo stomaco. Non lo aveva colpito con molta forza, dato che stavano giocando, ma... cavolo.

"Fammi strada, Montgomery."

"Non puoi chiamarmi così qui. Si gireranno in cinquanta."

Jillian strinse di più la mano di Wes, che le accarezzò le nocche con il pollice. "Sono un sacco di Montgomery."

"Tieniti forte," le sussurrò, Jillian gettò la testa all'indietro e rise.

Fu così che li videro i genitori di Wes quando entrarono in casa: Wes che sorrideva come un idiota e Jillian che rideva, appoggiata a lui mentre lo ascoltava. Per quanto Wes avesse potuto essere leggermente preoccupato di quello che avrebbero potuto pensare i genitori della relazione con Jillian, avrebbe dovuto sapere che non ce n'era bisogno.

"Eccovi!" disse Marie, mentre andava verso di loro a braccia aperte. "Mi dispiace di non essere più passata a trovarti, Jillian, ma organizzare questa rimpatriata è diventata una follia."

Wes dondolò sui talloni mentre guardava Jillian ricambiare affettuosamente l'abbraccio di Marie. Sapeva che la ragazza si sentiva ancora persa dopo la morte del padre e che i genitori di lui l'avevano aiutata con il funerale e la veglia, per cui era felice che Jillian potesse appoggiarsi a loro, se necessario. Loro due avevano appena cominciato a uscire insieme e lei era già tanto legata alla famiglia . Probabilmente Wes non aveva nemmeno bisogno di preoccuparsi, ma non aveva potuto evitarlo. Tutto sembrava... ottimo.

Dopo tanti anni passati a sentirsi in disparte e dopo le iniziali litigate con Jillian, Wes avrebbe accettato quella reazione.

Lei disse qualcosa che lui non sentì e poi si raddrizzò mentre Marie le dava un buffetto sulla guancia. "Grazie dell'invito. Davvero. Stando al chiasso, sembra che fuori ci sia un esercito."

"Uno o due," disse Marie con l'occhiolino. "Ora,

rimani con Wes e presentati. Lui si assicurerà che tu non finisca in un mare di Montgomery e che perdiamo le tue tracce."

Wes le porse la mano e rise quando Jillian sgranò gli occhi prima di aggrapparsi comicamente a lui. "Su su. I Montgomery non mordono."

Suo padre rise un po' troppo. "Se è questo che pensi, Wes, non stai usando tutto il tuo potenziale Montgomery."

"E con questo, direi di andare..." Strinse a sé Jillian e la condusse alle porte a vetri nella parte posteriore della casa. "Pronta?"

"Prontissima."

Wes rise di nuovo e aprì le porte. Il rumore era quasi assordante: c'erano tante persone che si somigliavano, con capelli scuri, occhi chiari e tatuaggi, che lui temeva di sbagliare le presentazioni.

"Non avevo mai visto tanti tizi barbuti tutti insieme." Wes sentì a malapena il bisbiglio di Jillian sotto quella cacofonia, ma ridacchiò lo stesso.

"Ok, ci siamo." Wes fece un cenno a un gruppo in un angolo. "Quelli sono metà dei Montgomery di Denver, li conosci."

Jillian annuì e si appoggiò a lui in modo che potessero parlare più facilmente con il rumore. "Sì, Wesley. So chi sono Storm ed Everly, grazie."

"Controllavo, Jilli. Adesso ti presento uno dei gruppi più piccoli." La accompagnò a uno dei tavoli che avevano preparato i genitori e salutò con la mano.

"Shep, è bello vederti."

Il cugino sorrise e gli si formarono delle rughette intorno agli occhi. Tenuto conto di quanto fosse felice di recente, con la moglie e il figlio accanto, Wes immaginò che presto, di quelle rughe, ne avrebbe avute tante.

"Ehi, Wes, hai già conosciuto Livvy?" Shep indicò la bambina in braccio alla moglie. "Somiglia tutta a Shea, vero?"

"Non ancora." Wes le fece l'occhiolino e la bimba nascose il viso nel collo della madre. Era timida ma, tenuto conto del fatto che era una Montgomery, non poteva durare a lungo.

"È adorabile," disse Jillian con dolcezza.

"Ragazzi, lei è Jillian. Jillian, questi sono i Montgomery di Colorado Springs. O meglio, la maggior parte di loro viene da lì, dato che ora Shep vive a New Orleans."

"Non per molto," lo corresse Shep.

Wes sgranò gli occhi. "Come?"

"Ci sono dei cambiamenti in atto," disse Adrienne, la cugina più grande di quel ramo della famiglia. "Tutti positivi, ma possiamo parlarne dopo." Si fece avanti e abbracciò Jillian. "Ehi, bella. Hai finito la sciarpa?"

Jillian scosse la testa. "Non credo che sarò mai una maglierista."

Adrienne annuì, negli occhi aveva un misto di risa e compassione. Sapevano tutti per chi doveva essere la sciarpa. "Credo che l'unica sia Meghan."

"Forse ci proverò io," si inserì Thea. "Ciao, comunque. Io sono Thea, dato che Wes ci ha presentato solo come i 'ragazzi'." Alzò gli occhi al cielo e porse la mano. Jillian gliela strinse e Wes andò ad abbracciare la cugina, che lanciò uno strillo quando lui le passò le nocche sulla testa. "Smettila subito, Wes Montgomery."

"È per questo che lo chiamo Wesley," disse Jillian mentre indietreggiava. "Per come si comporta."

Wes emise un lamento. Ottimo. Tutta la famiglia avrebbe cominciato a chiamarlo in quel modo.

Roxy strinse gli occhi e lo studiò. "Wesley, eh? Mi piace. Io sono Roxie. Felice di conoscerti."

"È la piccola della famiglia," disse Shep.

Roxie aspettò finché la piccola Livvy non si girò dall'altra parte prima di mostrare il dito medio al fratello. "Non sono io la cugina più giovane, è uno di quei ragazzi laggiù." Indicò i gruppi più numerosi.

"Wes ti ha presentato tutti?" chiese Adrienne.

"Non ancora ma so che, qualsiasi cosa succeda, non ricorderò mai i loro nomi." Jillian rivolse uno sguardo di scuse a Roxie e Thea. "Tra dieci minuti avrò dimenticato i vostri nomi, ma non dimenticherò mai le vostre facce. Ho solo visto Adrienne già qualche altra volta, per questo me la ricordo. Scusate."

Thea minimizzò con un cenno e Roxie rise. "Non è un problema. Noi Montgomery abbiamo la tendenza a moltiplicarci."

Roxie annuì. "E abbiamo avuto tutta la vita per memorizzare l'albero genealogico. Sono sicura che riuscirai a evitare il quiz alla fine della festa."

"Quiz?" chiese Jillian.

"Oh, sai," disse Wes, con disinvoltura. "Chi è chi, chi ha sposato chi, chi è figlio di chi, che lavoro fanno, chi sarà il prossimo a sposarsi. Tutte belle domande."

Jillian sgranò gli occhi. "Io... non ho idea di come faccia la tua famiglia a essere così grande. Io ho avuto solo mio padre per tutto questo tempo..." Lasciò la frase in sospeso e Wes la strinse a sé con un bacio sui capelli.

"Beh, adesso sei una Montgomery," disse Shea. "Io ne ho sposato uno, ovviamente, ma il matrimonio non è l'unico modo per diventare parte della famiglia. Una volta che sei parte del gruppo, vieni assimilata, in un certo senso."

"Una di noi. Una di noi."

Il fatto che Adrienne, Rozie e Thea lo avessero ripetuto in coro allo stesso tempo lo rese ancora più divertente.

"Ok, allora, chi è chi?" chiese Jillian, mentre si voltava verso gli altri gruppi.

Wes ne indicò uno. "Quei quattro sono i Montgomery che adesso vivono a Boulder." Indicò ognuno dei quattro e le disse i nomi, anche se sapeva che Jillian non li avrebbe mai ricordati. "Quelli che non conosci sono i cinque da Fort Collins. Alcuni di loro hanno portato i loro partner e onestamente non ricordo chi è sposato." Fece una smorfia. "Mi fa male la testa."

Jillian si massaggiò le tempie. "Non dirlo a me, tu almeno li hai già incontrati."

"Sì, ma mai tutti insieme. Cioè, non da quando eravamo bambini. Comunque, siamo al completo. Adesso, mi serve del cibo e una birra perché è stato stancante."

Jillian si sollevò sulle punte e gli baciò la mascella. "Una birra sembra proprio una buona idea, Wesley."

Lui ringhiò e strinse gli occhi. "Non dimenticherò che hai detto agli altri come mi chiami."

Jillian scrollò le spalle. "Vero, ma ti piace solo quando ti ci chiamo io, vero? Vedo il modo in cui ti si scuriscono gli occhi e il fatto che ti si mozza un po' il fiato quando lo dico. Ti *piace*."

"Mi piaci *tu*." Wes alzò le spalle quando Jillian sgranò gli occhi. "Per dire." La sculacciò piano, nonostante ci fosse tutta la famiglia a guardare. Sembrava impazzito. "Cibo, donna, e una birra. Andiamo."

"Avanti, nobile destriero," disse lei, mentre lo affiancava.

Wes rise e la strinse mentre camminavano, consapevole che gli altri li stavano guardando ma, per qualche motivo, non gli importava. Non sapeva come fosse successo, ma si era innamorato di Jillian Reid.

Come si sarebbe comportato al riguardo? Wes non lo sapeva, ma l'idea che fosse a proprio agio e potesse essere se stesso insieme a lei mentre c'erano tutti quei parenti a guardarli e porsi domande, beh, doveva avere un significato.

Quando sarebbero stati soli, Wes avrebbe dato il meglio di sé per capire esattamente quale fosse.

Capitolo sedici

Non sarebbe stato strano. Era impossibile che quella sarebbe stata una serata strana. A furia di ripeterselo, Jillian avrebbe potuto crederci. Aveva lo stomaco sottosopra e sospirò. Dopo tutto quello che era successo di recente, un'uscita a quattro non avrebbe dovuto essere un problema, anche se oltre a Wes ci sarebbero stati il fratello gemello di lui (che in più era il miglior amico ed ex trombamico di Jillian) e la fidanzata, nonché nuova amica di Jillian.

Il mal di testa non fu una sorpresa, visto quanto ci voleva solo per descrivere loro quattro.

Wes le prese la mano, pur mantenendo l'attenzione sulla strada. "Se non ti calmi mi farai venire un attacco di panico."

Jillian gli scoccò un'occhiataccia e sperò che la

vedesse con la coda dell'occhio. "Eppure mi sembri calmissimo."

Wes le strinse la mano prima di spostare la propria e svoltare nel parcheggio. "Sono solo mio fratello e la fidanzata. Siamo stati a una riunione di famiglia enorme in cui hai conosciuto un milione di Montgomery e sembra che tu abbia più paura adesso."

Si voltò verso di lei dopo aver parcheggiato e spense il motore. Jillian non poteva fare a meno di calmarsi un po' quando Wes la guardava. Forse *calmarsi* non era la parola giusta, dato che Wes la mandava su di giri ogni volta che le era accanto e le aveva dato quell'effetto da prima che Jillian si accorgesse della loro chimica. Niente di Wes Montgomery la calmava, ma averlo accanto in quel modo la aiutava a respirare più facilmente.

"Andiamo a mangiare in un bar e a giocare a biliardo, niente di spaventoso o sofisticato," disse Wes, mentre seguiva il profilo della mascella di Jillian con un dito. Lei deglutì alla sensazione delle dita dure di Wes sulla pelle, infastidita perché si stava eccitando prima di quella dannata uscita a quattro.

"Questo lo dici tu..." Jillian scosse la testa e sospirò. Stava facendo una tempesta in un bicchier d'acqua: doveva fare un passo indietro e vivere nel presente. Non era quello che si stava dicendo di recente riguardo a lei e Wes? Se continuava a stressarsi, non sarebbe stata la donna che credeva di essere e non era sicura che l'idea le piacesse. In effetti, non le piaceva per niente.

"Andiamo dentro e prendiamoci un birra. Ti aiuterà con il nervosismo."

"Come fai a non dare di matto nemmeno un po'?" gli chiese Jillian, mentre scendeva dal furgone.

"Perché mi sono detto che stasera sarei stato bene." Wes alzò le spalle e la prese per mano mentre entravano nel bar. "Probabilmente darò di matto dopo. Funziono così."

Jillian non poté fare a meno di ridere e forse fu così che li videro Storm ed Everly quando entrarono. Everly li guardò raggiante e Storm, chissà perché, sembrava sollevato. Evidentemente, Jillian non era l'unica nervosa.

"Sono felice di non essere in ritardo," disse loro Everly con un abbraccio. "I bambini hanno fatto un po' di capricci quando li abbiamo lasciati con la babysitter."

Jillian fece una smorfia. "Mi dispiace di averti portata via da loro." Sapeva che i gemelli avevano sempre avuto problemi di salute e che non doveva essere facile per Everly lasciarli a qualcun altro.

"Non mi stai portando via da loro," disse Everly con un sorriso. "Di tanto in tanto, a me e a Storm serve del tempo tra adulti e ai bambini piace molto stare con i nonni e la babysitter. Stasera erano un solo po' appiccicosi, ma probabilmente se ne sono dimenticati dopo che la babysitter gli ha promesso dolci e giochi da tavolo." Alzò le spalle. "È il suo asso nella manica."

"Se avete bisogno di andare, però, ditecelo."

"Sei nervosa?" chiese Everly, mentre i fratelli andavano a prendere da bere.

"Solo un po'." Le due donne scelsero un tavolo da biliardo e Jillian allontanò altri uomini che volevano giocare o provarci con loro. Guardò male un altro tizio che si stava avvicinando ed Everly rise dal naso quando l'uomo si allontanò.

"Perché due donne all'apparenza single non possono godersi una partita a biliardo senza che si avvicini qualcuno ad 'aiutarle'?" chiese Everly, mentre passava il gessetto sulla punta della stecca.

"Perché noi giovani donzelle possiamo essere qui solo se un uomo ci aiuta con le nostre mazze... o forse dobbiamo aiutarli noi con le loro?"

"Con le mazze di chi?" chiese Wes, mentre

appoggiava la caraffa di birra sul tavolo più vicino, Storm lo seguiva con i bicchieri. Dato che erano di plastica, Jillian pensò che fosse per questo che Storm non aveva portato la caraffa. Nessuno di loro tre avrebbe lasciato che Storm sollevasse qualcosa di pesante per un bel po'.

Wes passò un braccio intorno alla vita di Jillian e la avvicinò a sé, lei si appoggiò a lui. Anche Everly strinse a sé Storm e la situazione non sembrava per niente imbarazzante. Per qualche motivo, vedere Everly a proprio agio rese più facile a Jillian godersi la serata. Forse, se avesse smesso di pensare tanto, sarebbe riuscita a lasciarsi trasportare.

"Solo dei tizi," rispose infine Jillian. "Nessuno di speciale." Agitò il sedere contro l'inguine di Wes dato che poteva sentirlo contro di sé, e lui si irrigidì in più di un modo. Poverino.

"Beh, fateci sapere se dobbiamo prendere qualcuno a calci in culo," disse Storm, mentre baciava Everly sulla testa.

"Sono sicura che possiamo cavarcela da sole," disse Jillian. "Tenuto conto che il biliardo è il mio forte, come lo è anche tenere lontane le mazze altrui."

Wes ringhiò e lei gli diede un colpetto con il

fianco prima di avvicinarsi a Everly ancheggiando. Si stava divertendo.

"Femmine contro maschi?" chiese Everly. Anche lei si divertiva. Passò un braccio intorno alla vita di Jillian, che sfarfallò le ciglia verso Wes.

I due uomini si guardarono e scossero la testa con un sorriso. "Sai," cominciò Storm, "la gente credeva che io e Wes condividessimo le donne, tipo che avremmo avuto una moglie in comune o roba del genere."

Jillian rise dal naso ed Everly sospirò. Storm lo aveva detto a voce abbastanza bassa perché nessuno sentisse, ma erano comunque in pubblico.

"Non succederà, amico," disse Jillian, mentre puntava la stecca contro i due fratelli.

Wes alzò le mani in segno di resa. "Dio, no. Assolutamente no. Non so perché il mio caro fratellino l'abbia detto." Strinse gli occhi guardo Storm, mentre Jillian ed Everly ridevano.

"Lo dicevo solo perché, visto che voi due state tanto vicine, era meglio che ve lo facessi sapere."

Jillian gli mostrò il dito medio e rise. "Come ti pare, amico. Adesso giochiamo a biliardo e vi faremo il culo *senza* limonare come vorrebbero i tizi dietro di voi."

Wes si guardò alle spalle e i due energumeni si

allontanarono come se non fossero stati tutto il tempo a guardare Jillian ed Everly. Il più delle volte le sale da biliardo e i bar erano uno spasso; altre volte, Jillian preferiva stare a casa. Certo, tra loro quattro era la più brava e ogni tanto giocava con i ragazzi del bar vicino casa, ma quella sera si sarebbe solo divertita in quell'uscita a quattro, avrebbe bevuto birra e mangiato nachos deliziosi con formaggio extra.

Divertirsi a flirtare con Wes *ed* Everly contemporaneamente rendeva la situazione anche migliore e più facile.

"Allora..." Jillian sussurrò all'orecchio di Wes. "Cosa vuoi scommettere?" Gli morse il lobo e lui ringhiò di nuovo.

"Che cosa offri?" Le mise una mano sul sedere e Jillian si sentì già inebriata dall'unica birra che aveva bevuto.

Gli baciò la mascella e gli fece l'occhiolino. "Chi perde deve far venire l'altro con la bocca appena arriviamo a casa tua."

Wes emise un gemito e Jillian si morse il labbro per non imitarlo. Everly e Storm erano nel bel mezzo di una conversazione altrettanto accalorata e Jillian era felice che nessuno potesse sentirli.

"D'accordo. Meglio che prepari le ginocchiere,

tesoro, perché credo che ti serviranno quando più tardi me lo succhierai."

Jillian alzò gli occhi al cielo, gli sfiorò l'uccello con le dita e si allontanò da lui. "Ti piacerebbe, Montgomery."

"Certo che sì."

Jillian rise e si spostò accanto a Everly. In ogni caso avrebbe vinto lei perché, per quanto adorasse fare pompini a Wes, l'idea di vederselo con la testa in mezzo alle gambe mentre le succhiava il clitoride la fece bagnare.

Sarebbe stata una lunga serata e Jillian non vedeva l'ora di tornare a casa.

Aveva la sensazione che Wes la pensasse allo stesso modo, dato come le guardava le curve.

Una volta arrivati a casa di Wes, Jillian era tanto eccitata da non essere sicura di riuscire a superare la porta d'ingresso. Avevano salutato Storm ed Everly ed erano letteralmente corsi al furgone di Wes. Dato che l'altra coppia si era precipitata nello stesso modo verso l'auto di Storm, Jillian aveva avuto la sensazione che lei e Wes non fossero gli unici a essere su di giri.

Wes le chiuse la porta alle spalle e riuscì a buttare Jillian a terra senza che nessuno dei due si facesse male. Jillian grugnì e Wes cominciò a succhiarle il collo.

"Hai vinto," ringhiò Wes. "Ora, togliti quei pantaloni perché ho bisogno di avere la tua passera in faccia. Adesso."

"Questo è quello che mi piace sentire," disse Jillian con una risata strozzata. Insieme sbottonarono i jeans di lei e abbassarono la zip. Jillian sollevò i fianchi per aiutare Wes a sfilarle i pantaloni stretti e rimase con indosso solo le mutandine e la maglietta, dato che si era tolta le infradito appena erano entrati in casa.

Prima che lei potesse dire una parola, Wes le mise la bocca sulle mutandine e la baciò la passera; il respiro caldo e il contatto mandarono Jillian in estasi con una rapidità imbarazzante.

"Così. Vienimi sulla faccia." Le scostò le mutandine e gliela leccò; le succhiò il clitoride e le morse le labbra mentre la penetrava con tre dita. La aprì velocemente e la fece sussultare tanto che lei venne una seconda volta in una manciata di minuti.

Prima di Wes, Jillian non pensava nemmeno che fosse possibile.

Wes si mise le gambe di Jillian sulle spalle e continuò a leccarla: voleva farla gemere e sussultare più che potesse mentre le esplorava la passera con la bocca. Quando venne *di nuovo*, Jillian gli tirò i capelli chiedendo pietà.

"Non posso avere un altro orgasmo, ho bisogno..."

Wes sorrise prima di baciarla con foga e balzare in piedi. Si spogliò velocemente e aiutò Jillian ad alzarsi. Aveva l'uccello duro e gli sbatteva sul ventre quando si muoveva.

"In bagno," ringhiò, Jillian sbatté le palpebre.

"Eh?"

"Non durerò a lungo e prima mi è venuta l'idea di fare sesso sotto la doccia, non riesco a togliermela dalla testa." Le schiaffeggiò il sedere nudo e Jillian gemette. Solo lui poteva permetterselo, e solo in privato. "Andiamo. Voglio scoparti nella doccia."

Jillian si leccò le labbra e gli guardò l'uccello *molto* grosso. "Beh, andiamo allora." Si voltò, si tolse il resto dei vestiti e corse verso il bagno. Risero entrambi mentre si lasciavano dietro una scia di vestiti: mentre aspettavano che l'acqua si scaldasse, si toccavano e si accarezzavano.

Poi Wes mise il preservativo ed entrarono nella doccia. Lui fece mettere Jillian sul bordo ed entrò dentro di lei con una sola spinta. L'acqua rendeva i loro corpi scivolosi, rendeva difficile aggrapparsi, ma

Jillian strinse la presa e la passera in modo da non perdere Wes.

Lui gemette e si chinò a succhiarle un capezzolo mentre spingeva dentro di lei. Si ressero l'uno all'altra, con i respiri affannosi mentre scopavano intensamente nella doccia.

Prima di potersi perdere totalmente in quell'uomo, Jillian venne di nuovo, con l'urlo di Wes che le risuonava nelle orecchie e le fece capire che stava venendo insieme a lei.

Jillian e Wes si sostennero tremanti l'uno all'altra sotto l'acqua che diventava fredda.

Era quello che era mancato a Jillian tutte quelle volte in cui aveva pensato di scappare da un lieto fine.

Proprio quello.

Non sapeva, però, come avrebbe agito al riguardo.

Capitolo diciassette

Wes gemette di dolore e si strofinò la nuca. Si era ripreso dall'attacco nel vicolo, ma non era più giovane come una volta. Aveva passato l'ultima settimana ad affrontare un problema dopo l'altro nel magazzino ed era pronto a gettare la spugna per quel giorno. Sapeva che quell'edificio non sarebbe stato facile e il fatto che era stato abbandonato per anni peggiorava la situazione: se fosse stato superstizioso, avrebbe detto che quel progetto era maledetto.

Le tubature erano esplose prima che Jillian avesse avuto la possibilità di cominciare a lavorare in quella parte dell'edificio. I sottopavimenti, che all'inizio erano sembrati decenti, erano diventati troppo deboli per reggere il pavimento nuovo. Dopo che per anni nessuno le aveva toccate, le finestre erano cadute a pezzi oppure si erano rotte per dei vandali che avevano gettato dei sassi. Il servizio di sicurezza non era riuscito a prendere nessuno, il che faceva infuriare ancora di più il personale della Montgomery Inc.

Wes era maledettamente stanco e gli serviva un fine settimana tranquillo per ricominciare da capo e rimettersi in gioco. A quello si aggiungeva il fatto che non era riuscito a rivedere Jillian dalla loro uscita a quattro. Si erano mandati messaggi e la sera prima avevano provato con il sesso telefonico, ma non era abbastanza. Wes aveva rapidamente sviluppato una dipendenza nei confronti di Jillian e non ne aveva avuto intenzione.

Jillian aveva passato la settimana sugli altri quattro cantieri: gli assistenti appena assunti lavoravano al magazzino, mentre lei terminava i lavori in libreria e negli altri posti. Appena finiti, sarebbe potuta tornare a tempo pieno al magazzino, ma quella settimana non aveva funzionato con le tempistiche. Ovviamente, ciò significava che avrebbero anche dovuto assicurarsi di gestire al meglio quel nuovo modo di lavorare insieme. Storm, Tabby e Decker avevano accettato per il momento di occuparsi di qualsiasi problema di lavoro tra Wes e Jillian, ma sarebbe potuto essere diverso quando avrebbero ricominciato a lavorare insieme la settimana successiva.

Quando Wes aveva espresso le proprie preoccupazioni, Jillian aveva sospirato prima di dire, "Sai una cosa? Devo già sopportare le stronzate di chi crede di saperne di più solo perché sono una donna. Questa azienda è meglio di molte altre, ma nemmeno tu puoi cancellare il concetto radicato di quello che possono fare uomini e donne. Finché *noi* non ci mettiamo in brutte situazioni in cui non ci fidiamo l'uno dell'altra, andrà tutto bene. La famiglia è *talmente* legata e intrecciate che so che gli uomini e le donne in cantiere non batteranno ciglio quando sapranno che usciamo insieme. In caso contrario, possono andare a fanculo."

"Questa sì che è la mia ragazza," aveva detto Wes, prima di chiederle cosa indossasse, tra una risata e un gemito.

Anche se il pensiero di quello che si erano detti quella sera lo riscaldava, Wes era talmente esausto che non sapeva se avrebbe avuto l'energia per altro che non fosse starsene seduto in mutande con una birra gelata.

"Vai a casa?" gli chiese Storm, mentre lo raggiungeva. Per quanto normalmente passasse il tempo in ufficio o in libreria, con tutti gli ostacoli che c'erano stati al magazzino, il fratello di Wes aveva alterato alcuni progetti, dato che avevano studiato di più l'edificio e avevano capito cosa avrebbe funzionato e cosa no. Storm era passato più spesso, dato che erano riusciti a dividere l'edificio come avevano voluto per ognuna delle attività più piccole. Grazie al cielo, sarebbero arrivati a quel punto la settimana successiva. Erano già indietro sui tempi e a Wes non piaceva per niente: quell'edificio doveva essere maledetto.

"Già," disse Wes dopo un po', mentre prendeva la bottiglia d'acqua che gli porgeva Storm. "È stata una di quelle settimane pesanti, sai?"

Storm annuì, mentre beveva a sua volta. Nonostante il fratello non si stesse sforzando fisicamente, dato che Wes lo avrebbe preso a calci se ci avesse provato, faceva comunque caldissimo.

"Non sta venendo male, ma è il progetto più grosso a cui abbiamo mai lavorato. Voglio solo andare a dormire dopo aver giocato con i bambini e aver coccolato Everly. Capisci cosa intendo?"

Wes non poté fare a meno di sorridere all'idea. "Sì, ho presente."

"Ma con Jillian, giusto?" Storm gli fece l'occhiolino. "State bene insieme. Cioè, quando io e Jillian eravamo, beh, qualsiasi cosa fossimo, temevo che vi sareste uccisi a vicenda invece di dare inizio a una relazione. O stavate entrambi nascondendo i vostri sentimenti o vi siete resi conto di essere diversi da quello che pensavate."

Wes rise. "Non sei stato molto chiaro, ma forse ho capito. Jillian e io avevamo un'idea sbagliata e prevenuta l'uno dell'altra." Fece una pausa e si chiese se avrebbe dovuto aggiungere altro.. Il resto della squadra stava già uscendo dall'edificio ed erano quasi soli, perciò Wes decise di andare avanti. "Perché non mi hai preso a pugni? O non mi hai chiesto di dire fin dall'inizio che intenzioni avessi?"

Storm si mise le mani in tasca e dondolò sui talloni. "Pensavo che avessimo smesso di litigare."

Wes grugnì. Si erano presi a pugni e fatto la lotta, lasciando che anni di risentimento inespresso salissero in superficie. "Credo di sì."

Storm sospirò. "Non passerò alle mani per le decisioni di Jillian. Se siete felici entrambi, allora sono felice anche io. Sai che c'è? Mi sono sentito una merda quando mi sono reso conto che ci eravamo usati come appiglio. Il fatto che Jillian stia andando avanti e abbia trovato quello di cui ha bisogno significa molto. Anche il fatto che lei ed Everly siano tanto legate aiuta molto, sai?"

Wes diede una spallata a Storm. "Siamo fortunati ad avere una famiglia così affiatata."

"Vero. Negli ultimi anni abbiamo passato l'inferno. È bello riuscire a stare tranquilli. A proposito, ho promesso a Everly che sarei tornato a casa per cena. Hai piani con Jillian?"

Wes scosse la testa. "Domani. Stasera me ne starò a casa in mutande come è giusto che sia."

Storm rise e i due fratelli si diressero ai furgoni dopo essersi fermati a parlare con il servizio di vigilanza. Erano ancora in allerta dopo tutto quello che era successo in cantiere e Wes odiava le spese extra, ma sperava che ne valesse la pena.

Quando arrivò a casa, l'aria condizionata del furgone aveva appena cominciato a rinfrescarlo. Entrò in casa e, dato che non era un selvaggio, arrivò fino in camera da letto prima di spogliarsi e restare in mutande. Poi, già che c'era, si spogliò completamente, mise i vestiti nel cesto e fece una doccia veloce per togliersi lo strato superficiale di polvere e terriccio di dosso. Si sentiva già meglio, perciò mise un paio di pantaloncini senza scomodarsi a rimettere i boxer e andò in cucina. Prese una birra dal frigo e subito la aprì per berne un lungo sorso. Avrebbe pensato dopo alla cena, avrebbe ordinato o scongelato qualcosa. Per il momento rimase fedele a ciò che aveva detto a Storm: si sedette sul divano a bere birra.

Era stata una settimana difficile ma sapeva che stavano portando a termine qualcosa di molto più grande di loro. Doveva solo ricordarselo quando gli faceva male tutto e la testa gli scoppiava.

Stava per guardare qualche programma poco impegnativo in TV e chiamare Jillian quando gli squillò il telefono. Purtroppo, non era la donna con cui voleva parlare.

"Capo, abbiamo un problema," disse Frances, il capo del servizio di sorveglianza al magazzino, appena Wes rispose. Quella donna era dannatamente brava nel suo lavoro e aveva già aiutato i Montgomery in passato, ma c'era qualcosa che non andava in quel posto. Frances e la squadra erano stati assunti dall'azienda di Border, il cognato di Wes.

"Che c'è?"

"Sono scattati l'allarme e i sensori di movimento, ma non abbiamo visto nessuno, *nessuno*. Non sono sicura di cosa stia succedendo, ma abbiamo chiamato la polizia. Sono già qui e non c'è bisogno che venga anche lei, dato che non sembra esserci nulla che non vada, ma vorranno parlarle."

"Dannazione," sbottò al telefono e si chinò in avanti per stringersi la sella del naso.

Quando Frances gli passò la polizia, Wes raccontò quello che era successo nelle settimane precedenti. Nonostante ciò, non cavarono un ragno dal buco. I poliziotti pensavano che probabilmente fossero solo ragazzini che si sfidavano o roba del genere, ma Wes ne era stanco. Dopo aver riagganciato voleva solo andare a letto e ignorare quella giornata ma, ovviamente, suonò il campanello.

Mise giù il telefono con un borbottio e andò a passo pesante alla porta, ma quando la aprì si bloccò. Jillian era sul portico con indosso un impermeabile e un paio di tacchi molto, *molto* sexy in uno dei giorni più caldi dell'anno.

"Wesley, mi fai entrare o devo fare lo spettacolo qui fuori?"

Wes deglutì rumorosamente. "Lo spettacolo?" le chiese, mentre si spostava in modo che lei potesse avanzare in casa. Diamine se avanzava.

Jillian si voltò e non barcollò minimamente. Wes era sicuro di avere l'uccello dritto contro i pantaloncini in modo imbarazzante, ma non gli importava. Non era mai stato così eccitato ed era impaziente di vedere cosa ci fosse sotto il vistoso impermeabile.

"Ho sentito che è stata una giornataccia.

Diamine, hai avuto una settimana pessima. Che ne dici se te le miglioro io?" Gli fece l'occhiolino e slacciò la cintura dell'impermeabile.

Wes si leccò le labbra e si fece scivolare una mano sui pantaloncini. Si accarezzò e poi si strizzò la base dell'uccello in modo da non venire subito solo con la promessa di avere Jillian.

"Credo che il fatto che tu sia qui la migliori già."

Gli occhi di Jillian andarono dal sensuale al sorpreso per poi tornare sensuali in un battito di ciglia. A Wes fece piacere averla stupita e sapeva che anche lui avrebbe *adorato* quella sorpresa di Jillian.

Lentamente, Jillian aprì i baveri dell'impermeabile e allargò le braccia.

Wes si inginocchiò senza nemmeno pensarci. "Grazie, grazie, grazie." Sussurrò e Jillian rise con uno scintillio negli occhi.

"Beh, ho messo in ginocchio il grande Wes Montgomery. Credo che il mio lavoro qui sia finito."

Wes strinse gli occhi. "È meglio che tu non vada via, donna. Fammi vedere tutto quello che hai."

Jillian piegò la testa e inclinò il fianco. "Tutto, ragazzone?"

Wes deglutì rumorosamente. "Tutto."

Jillian indossava un paio di reggicalze rossi e neri con dei fiocchetti sul davanti, con le mutandine a vita bassa abbinate e calze con la sommità di pizzo. Il reggiseno era uno di quelli a balconcino che le sollevava il seno in modo che sembrasse che stesse su nuvole di pizzo rosse e nere, quasi come se uscisse dalle coppe e implorasse Wes di prenderlo in bocca.

La parte migliore, però, era che Jillian indossava una cintura degli attrezzi, con una chiave inglese da un lato e un metro a nastro dall'altro.

Si sfilò lentamente il metro dalla cintura e lo srotolò con la lingua fra i denti.

"Prima che ti chieda cosa misurerai, dovrei chiederti a cosa serve la chiave inglese?" chiese Wes, con l'uccello duro in modo incredibile.

Jillian alzò gli occhi al cielo. "Sono un idraulico e volevo fare una battuta sui tubi, poi ho deciso che invece avrei potuto prendere certe *misure*. La chiave è solo per farla vedere."

Wes rise dal naso. "Grazie al cielo. Non ero sicuro di essere pronto a vedere per cosa volessi usarla."

Jillian fece una smorfia ma srotolò ancora il metro. "E questo? Mi chiedo che potrei misurare..."

Wes si fece avanti, col bisogno di averla vicina. "Beh, andiamo, Jilli. Vediamo che hai." La baciò e le esplorò con calma la bocca per sentirne il sapore. Jillian si appoggiò a lui, si allineavano ancora meglio dato che lei portava i tacchi. "Non ti ho mai vista con queste scarpe," le mormorò sul collo.

"Mi sento più a mio agio con i jeans e gli scarponi, ma ogni tanto mi piace sentirmi sexy."

Wes indietreggiò in modo da poterle mettere una mano sulla nuca. "Sei sexy con gli scarponi. Sexy con le scarpe basse che metti quando usciamo insieme. Sei fottutamente sexy, Jillian."

Jillian si leccò le labbra e gli premette le mani sui fianchi. "Sembra che tu stia recitando una filastrocca per adulti."

Wes rise prima di morderle il collo. "Ah sì? Forse potremmo aprire una nuova attività."

"Poesie sconce? Non lo so. Dovrei prima vedere quanto sei sporcaccione prima di provare questa società."

Wes le fece scivolare le mani sotto l'impermeabile aperto e sul sedere. Allargò le dita sotto il microscopico pezzo di pizzo del perizoma e giocò con la fessura del sedere. Jillian fu scossa da un brivido.

"So che hai un'idea di quello che vuoi stasera. Vuoi dirmela?" Wes le fece scivolare l'impermeabile dalle braccia prima di ricominciare a massaggiarle il sedere. Jillian era in forma e lavorava sodo sulle gambe per via del mestiere. Wes amava il sedere di Jillian. Ce n'era abbastanza perché dondolasse quando la scopava da dietro e gli dava qualcosa da afferrare quando la sbatteva sopra di sé.

"Ti voglio," sussurrò Jillian. "Voglio vedere dove riesci ad arrivare, Wesley. Credi di farcela?"

Wes ondeggiò contro di lei. "Vai in camera e mettiti comoda, vengo subito. E poi, Jillian..." Lei lo guardò. "Credo che ci spingeremo oltre a vicenda. So che possiamo. Siamo bravi."

Jillian si sporse verso di lui e gli morse il labbro (ci riuscì solo perché indossava i tacchi), poi glielo leccò.

"Scopami con forza stasera. Fammi venire. Diamine, fammi svenire dalla soddisfazione. Poi vedremo se ci siamo spinti abbastanza oltre."

Con quelle parole, Jillian si voltò e ancheggiò verso la camera da letto, con il sedere pronto per essere morso con quel perizoma. Wes dovette fare qualche respiro profondo per non farsi una sega in salotto. Ci pensò, però. In quel modo, sarebbe riuscito a durare di più per lei.

Lo mandava in estasi in troppi modi diversi.

Dopo aver scosso la testa per liberarsi della lussuria che lo stava facendo impazzire, Wes andò rapidamente in cucina a prendere alcuni oggetti. Non ci aveva mai provato prima, ma ne aveva letto in uno dei libri di Jillian e voleva tentare.

Quando Wes entrò in camera, Jillian era stesa al centro del letto, sollevata sui cuscini. Si era tolta i tacchi ma aveva ancora il completo di pizzo.

"Mi mancano i tacchi," disse Wes, mentre metteva giù una ciotola di metallo con del ghiaccio, un asciugamani caldo e bagnato e uno asciutto.

Jillian sollevò un sopracciglio davanti a quello che Wes aveva portato dalla cucina e lo guardò. "Ci avevo pensato ma, conoscendomi, ti avrei bucato la pelle o il materasso. E in più, so che non sei il tipo che tollera le scarpe in camera da letto. Diamine, sono sorpresa che tu non me le abbia fatte togliere all'ingresso."

Wes rise, scosse la testa e si inginocchiò sul letto. "Beh, questo è vero." Le baciò un ginocchio, poi l'altro. Jillian aprì automaticamente le gambe e Wes deglutì rumorosamente. "Mi conosci bene."

"Ci provo. Anche se non l'avrei mai pensato quando ci siamo incontrati per la prima volta."

"Per qualcuno litigare fa parte dei preliminari," concordò Wes, mentre le tracciava una linea sull'interno coscia con le nocche. Le venne la pelle d'oca e Wes tracciò un sentiero con la lingua.

"Ti urlerò contro più tardi," alitò Jillian.

Wes le fece l'occhiolino e arretrò prima di passarle il pollice sul punto più caldo, sulle mutandine di pizzo già zuppe. Si chinò e le baciò la passera attraverso la stoffa e gli piacque il modo in cui lei gemette. Quando Wes la sollevò appena per slacciarle il reggicalze e afferrare il bordo del perizoma, Jillian emise un sospiro tremante.

"Mi ucciderai, Wes Montgomery." Jillian gemette di nuovo quando lui le tolse il perizoma e lo gettò da parte, per poi affondarle il viso tra le gambe. Aveva un sapore dannatamente dolce: Wes sapeva che, se non avesse fatto attenzione, avrebbe passato la serata a leccargliela finché non sarebbero svenuti entrambi dal piacere.

Wes la leccò di nuovo e si alzò a sedere, mentre la guardava ricambiare il suo sguardo da sotto le palpebre pesanti.

"A che ti serve il ghiaccio?"

"Fa caldo e avevi un impermeabile. Ho pensato che ti potesse servire." Prese uno dei cubetti di ghiaccio e lo leccò lentamente.

"Cazzo," disse lei con una risata. "È troppo sexy."

"Ah sì?" Wes si chinò e le soffiò sul clitoride. Jillian fece schizzare i fianchi dal letto e Wes schioccò la lingua. "Sta' ferma. Culo sul letto e gambe aperte. Se non resti così, non ti farò venire e mi farò una sega mentre ti guardo, il che potrebbe essere dannatamente sexy."

"Sporcaccione. Mi piace." Jillian si sistemò fra i cuscini, afferrò il copriletto e aprì ancora di più le gambe.

Wes si abbassò ancora di più e le premette il cubetto di ghiaccio sul clitoride.

"Wes! È troppo freddo."

Wes ridacchiò prima di spostare il ghiaccio per soffiarle aria calda sul clitoride. Poi la leccò e le succhiò il bottoncino sodo prima di tornare da lei con il ghiaccio. Ripeté il processo finché non si sciolse e le gambe di Jillian presero a tremargli attorno alla testa.

"Ho bisogno di te, Wes," sussurrò Jillian. "Per l'amor del cielo, se non entri dentro di me e mi sbatti con forza contro il materasso, potrei bruciare."

"Mi serve un preservativo," ringhiò con tale forza da sapere che non sarebbe durato a lungo. "Un attimo."

"No, non ti serve. Abbiamo fatto le analisi e visto i risultati, *e poi* ho la spirale. Entra. Dentro. Di. Me."

Wes *sapeva* che stava per esplodere. Il pensiero di essere dentro di lei senza niente... Cazzo.

Spostò tutto, avrebbero giocato con, gli asciugamani e il resto del ghiaccio che non si era sciolto più tardi, se volevano; perciò si sedette fra le gambe di Jillian. Si era tolto i pantaloncini e lei si era tolta il reggiseno, ma Jillian aveva ancora il reggicalze e un gran sorriso.

"Sei bellissima, cazzo."

Wes l'amava.

Ma non poteva dirlo. Non ancora. La loro relazione era ancora agli inizi, stavano ancora cercando di capire chi erano l'uno per l'altra e non solo nei loro mondi. Ma Wes si tolse quei pensieri dalla testa e si abbassò su di lei, poi la baciò mentre Jillian allungava una mano fra loro. Quando gli strinse l'uccello, Wes ringhiò.

"Finirò col venire se continui a toccarmi."

"Allora scopami, Wesley."

Wes le morse la spalla e lei gemette. "Certo che sì." Jillian lo guidò al proprio ingresso e Wes incrociò il suo sguardo mentre la penetrava lentamente. Si aggrapparono l'uno all'altra, il loro calore cresceva e si andarono incontro spinta per spinta. Si esplorarono con le mani mentre passavano da baci a leccate, dai morsi ai gemiti.

Quando Jillian venne, Wes la seguì, consapevole che non sarebbe riuscito a durare dopo che la passera di Jillian gli si era stretta intorno. Wes tremò e le palle gli si contrassero quasi in modo doloroso, ma quando riuscirono entrambi a respirare la strinse forte: non sarebbe mai riuscito a lasciarla andare.

Wes non si sarebbe mai aspettato di innamorarsi dell'ex del fratello. Non si aspettava di innamorarsi della donna che lo faceva costantemente arrabbiare. Ed eccolo lì, innamorato di una ragazza che non riusciva a decifrare, per cui non sapeva cosa provasse per lui. Tuttavia, fra le braccia di Jillian e le labbra su quelle di lei mentre si baciavano pigramente e la luna saliva in cielo, non gli importava. Essere con lei allontanava tutti i pensieri e le supposizioni, lo stress di quella giornata, il fatto che nessuno sapeva chi lo avesse attaccato in quel vicolo e le altre questioni che continuavano a venire fuori al lavoro e nella vita.

Con Jillian fra le braccia, Wes poteva dimenticare tutto il resto.

Per una volta, gli stava bene.

Capitolo diciotto

Jillian si asciugò il sudore dalla fronte e chiuse un'altra scatola con gli oggetti del padre. Le faceva male la testa, era tutta indolenzita ed erano solo due ore che impacchettava tutto. La proprietà e la casa erano passate a lei e Jillian si era già vista con l'avvocato del padre e avevano letto il testamento.

Rabbrividì al ricordo di quell'incontro. L'uomo aveva cercato di essere gentile, ma Jillian si era sentita incredibilmente sola, le erano venuti i *brividi* a leggere che il padre le aveva lasciato tutto. Non ne era stata sorpresa, ma aveva dovuto comunque ascoltare e annuire. Era andata da sola, anche se Wes, Storm e i genitori si erano offerti di accompagnarla.

Tuttavia, Jillian si sarebbe presa del tempo per

tutto quello che doveva venire dopo. Il padre le aveva già fatto controllare gli scatoloni perché voleva che avesse quello che le apparteneva mentre poteva ancora guardarla. Beh, Jillian avrebbe continuato, nella speranza che lui fosse lassù a guardarla, ma che soffrisse meno.

Jillian tirò su col naso e si appoggiò al petto sodo di Wes quando lui le passò le braccia intorno alla vita.

"Possiamo fermarci per oggi, piccola," le sussurrò. Era domenica, erano passati due giorni da quando avevano giocato con il ghiaccio in camera da letto; dal quel momento, erano stati sempre insieme. Jillian non sapeva quando fossero passati dal saggiare il terreno all'essere una coppia sull'orlo di qualcosa a cui non riusciva a dare un nome, ma sapeva che era importante.

"Lo so. Sto solo cercando di decidere quello che voglio dare in beneficenza e quello che potrebbe servire a Roger o a qualche amico di papà."

"Hai tempo." Le baciò la nuca e Jillian sospirò.

Tempo. A un certo punto aveva pensato di averne molto. Ma quando aveva perso il padre, aveva smesso di crederlo.

"Forse sono solo stanca," disse dopo un po'.

"Abbiamo avuto una settimana pesante e ce ne

aspetta un'altra. Che ne dici se andiamo a Golden per un'escursione? Una breve senza troppe colline. Ci rilassiamo e ci lasciamo alle spalle palazzi e scatoloni."

Jillian si voltò in quell'abbraccio e gli appoggiò la testa sul petto. "Credo che sia un'ottima idea." Si appoggiava a lui più di quanto pensasse. Diamine, si appoggiava a lui più di quanto avesse fatto con chiunque.

Il fatto era che Wes non la costringeva. C'era se Jillian ne aveva bisogno, ma non la sorreggeva come se lei non potesse farcela da sola. Lui capiva che certe volte lei doveva cavarsela da sola e non insisteva. Quando era lui a essere troppo stanco o arrabbiato per lavoro o con la famiglia, era lui ad appoggiarsi a lei.

Stavano trovando il loro equilibrio: era eccitante... e spaventoso.

Presto avrebbero dovuto parlare della loro relazione, Jillian lo sapeva, altrimenti si sarebbe preoccupata in modo eccessivo. Era cominciata come un modo per scaricare la tensione, per lasciare che la scintilla dell'attrazione bruciasse fino a spegnersi, ma non ne era più sicura. Comunque non se ne sarebbe preoccupata per il momento. Quel giorno si sarebbe tolta quei pensieri dalla testa e si sarebbe limitata a *essere*.

Jillian non sapeva se sarebbe riuscita a gestire altro.

Wes la aiutò a mettere via lo scatolone su cui stava lavorando, poi andarono al furgone e si misero in viaggio verso Golden. Non sarebbe stata tanto una passeggiata in montagna ma più in collina, dato che era quasi ora di pranzo ed era già troppo tardi per cominciarne una. Presero da mangiare per strada e pranzarono in auto, parlarono in modo tranquillo di argomenti leggeri. Con tutte le cose serie che stavano succedendo, era bello parlare di argomenti poco importanti. Il tempo della serietà sarebbe arrivato poi.

Jillian trovava le Montagne Rocciose mozzafiato ogni volta che le guardava. Certe volte erano lo sfondo della città e non le notava; altre, alzava lo sguardo e si rendeva conto di quanto fosse fortunata a vivere lì. Non tutti vedevano montagne del genere. Solo in pochi vivevano lì vicino.

Non c'erano parole per descrivere la loro bellezza. Le montagne si stagliavano alte nel cielo e Jillian non riusciva a credere a quanto fossero massicce. Sembravano non finire mai, il capolavoro della bellezza terrena che le si svelava davanti.

Alberi e cespugli le occupavano tutto il campo visivo, rocce e torrenti la circondavano e tuttavia aveva la sensazione di non essere sola nemmeno con l'idea di non avere nessuno intorno. Non poteva essere sola con il mondo che la circondava in quel modo.

Camminarono lungo il sentiero mano nella mano, Jillian si sentiva più leggera mentre respirava l'aria fresca e si appoggiava alla presa forte di Wes. Si stava sostenendo di nuovo a lui, ma per il momento andava bene.

"È bellissimo essere qui," disse Wes quando arrivarono a una radura dove potettero sedersi su un paio di massi. "Non ci vengo da troppo tempo. Diamine, tra il lavoro e la famiglia credo che l'unico paesaggio che ho visto sia il mio giardino."

Jillian rise dal naso. "Beh, *hai* un giardino particolarmente bello, per essere uno che vive in periferia."

Wes rise e le porse una delle bottiglie d'acqua che avevano preso insieme al pranzo. "Ho comprato quella casa proprio per il terreno. È circa il doppio di quello delle case vicine, per cui è il mio piccolo paradiso senza dover andare lontano. La casa faceva schifo quando l'ho presa una decina d'anni fa, ma tra me e il resto della famiglia l'abbiamo sistemata come volevo. La stalla è l'unica parte che resta finché non penso a come metterci mano."

"Perché hai una casa tanto grande, se vivi da solo?" gli chiese senza guardarlo, con gli occhi rivolti invece agli alberi e ai sentieri che li circondavano. Dato che anche Wes si stava guardando intorno, era bello e rilassante.

Wes sospirò e si appoggiò al masso. "Beh, non pensavo che sarei stato ancora solo a quest'età."

Jillian lo guardò con la coda dell'occhio. "Parli come se fossi un vecchietto. Non sei per niente vecchio, Wes."

"Vero, ma non ho nemmeno più vent'anni e i trenta sono passati da un po'. Sono l'ultimo Montgomery senza moglie e figli, anche se non so se Autumn e Griffin ci stanno pensando o no. In passato hanno detto che preferiscono essere gli zii simpatici." Wes la guardò. "Non lo sto dicendo perché cerco di avere una conversazione profonda su di noi, comunque. Ti sto solo spiegando perché ho comprato quella casa."

Jillian annuì, comprensiva. "Anche io pensavo che mi sarei sposata e avrei avuto una famiglia, arrivata a questo punto." Alzò le spalle e Wes intrecciò le dita a quelle di lei. Quella connessione la calmò, il che era strano perché non le era mai successo prima, tenendo qualcuno per mano. "Ho passato i miei vent'anni a costruirmi una carriera e a nascondermi dietro la mia cosiddetta relazione con Storm."

"Hai appena trent'anni, Jillian." Il tono di Wes era secco, ma aveva lo sguardo comprensivo.

Jillian alzò gli occhi al cielo. "Vero, ma non posso dire di averne venti. Non che quel periodo mi sia piaciuto molto. Ho poco più di trent'anni, come hai detto tu, e quest'età mi piace di più. So chi sono, cosa voglio e ci sto lavorando. Non ho più la sensazione di dovermi scusare perché mi piace il mio lavoro e lo faccio bene."

"Cavolo, no. Sei il migliore idraulico che abbiamo mai avuto."

Jillian si toccò un cappello immaginario. "Beh, grazie, signore." Risero entrambi e Jillian si asciugò le mani sui jeans, più calma di prima. "Credo che ognuno di noi abbia davvero trovato il sentiero giusto solo quando ci è capitato davanti, sai? Avremo anche provato a percorrere altre strade, o almeno quelle che pensavamo fossero giuste, ma credo che noi due abbiamo trovato quella che andava bene per noi, più che quella che avrebbe funzionato per altri."

"Pensavo che avrei sposato Sophia," disse Wes dopo un po'. Jillian si bloccò prima di rilassarsi. Per quanto potesse non piacerle sentir parlare della ex di Wes, lui vedeva quello di *Jillian* ogni giorno e sembrava non avere problemi. Jillian poteva affrontare la conversazione. "Quando ho comprato la casa, uscivamo insieme e la relazione stava diventando seria. Sì, ho comprato la casa per me ma anche pensando a una famiglia. Ho preso le decisioni riguardo i restauri più importanti solo quando avevano smesso di vederci. Credo che volessi aspettare l'input della donna che sarebbe diventata mia moglie ma, alla fine, non è successo."

"Ti ha ferito." Quella verità traspariva dal tono di Wes, ma c'era anche un senso di inappellabilità.

"Sì, e mi ha fatto anche incazzare. Mi ha lasciato per un uomo con le tasche più gonfie perché la aiutasse nella dipendenza dal gioco e tutte le altre. All'inizio gliel'ho permesso anch'io perché pensavo fosse mio dovere. Pensavo di aiutarla a sistemare tutto, ma alla fine ho peggiorato la situazione. Mi ci è voluto un po' per capirlo."

"Sei un aggiustatutto," gli disse Jillian, comprensiva. "Lo sei sempre stato. Storm me l'ha accennato," gli spiegò quando lui la guardò. "Persino di come, quando eravate più giovani, cercavi di capire come migliorare la situazione per i tuoi fratelli in modo che i tuoi genitori non si preoccupassero."

Wes sorrise. "Maya aveva un banchetto di limonate e adesivi e voleva davvero che funzionasse, ma i ragazzini continuavano a rubarle i suoi adesivi preferiti. Quando ha dato un pugno al figlio dei vicini, ho cercato di prendermi la colpa, ma Maya non ha voluto. Lo ha detto subito a mamma e papà e ha aggiunto che non era per niente pentita. Quando la madre del ragazzino è venuta a dire ai miei che avevano cresciuto una selvaggia, loro ci hanno difesi. Sì, hanno messo Maya in punizione, ma non l'hanno sgridata per aver difeso il territorio."

Wes sorrise al ricordo e Jillian non poté fare a meno di immaginare una piccola Maya con i codini che guardava corrucciata chi osava derubarla. Poi, ovviamente, immaginò Wes adolescente che guardava male chiunque osasse torcere un capello alla sorellina. Era una bella immagine e Jillian avrebbe scommesso che Wes si sarebbe comportato in quel modo anche da adulto.

"Comunque, Sophia non mi manca," aggiunse Wes, e Jillian ne fu sorpresa.

"Cosa?"

Wes si voltò in modo che fossero l'una davanti all'altro, con le mani ancora intrecciate. "Non mi manca. A un certo punto sì, ma quando l'ho rivista di recente ho solo ricordato quanto sia stato difficile stare con lei. Amare qualcuno non dovrebbe essere una fatica, davvero. Una relazione *prevede* impegno, questo lo so. *Dovrebbero* impegnarsi entrambi per rassicurarsi l'un l'altro di esserci sempre. Ma il vero amore non dovrebbe essere faticoso. Per Sophia lo era." Fece una smorfia e le baciò la tempia. "Forse non dovrei parlare di lei, eh? Rovina l'atmosfera."

Jillian scosse la testa. "Puoi parlare di tutto quello che vuoi. Non mi fa male sentirti raccontare di lei. Mi permette di capirti meglio." Alzò le spalle. "Se ignoriamo gli argomenti difficili, allora quello che abbiamo è solo superficiale."

Wes inclinò la testa e studiò Jillian. "E cosa abbiamo, Jillian?"

Jillian deglutì rumorosamente, infastidita con se stessa perché aveva affrontato quell'argomento, anche se sapeva di averne bisogno. "Non so come chiamarlo."

Wes rise e le strinse la mano. "È quello che penso anche io. Siamo troppo vecchi per dire *ragazzo* e *ragazza*? Forse, ma sarebbe strano definirti in un altro modo." Le prese il viso con la mano libera. "Mi piaci, Jillian. Mi piace stare con te. Mi piace come mi fai sentire. Mi piace che stiamo imparando tutto l'uno dell'altra, anche se la nostra relazione è completamente inaspettata. Non so cosa ci aspetta, ma so che voglio scoprirlo. Insieme."

Jillian si leccò le labbra e si sporse per baciarlo con dolcezza. "Voglio scoprirlo anche io. Non mi aspettavo tutto questo. Non mi aspettavo *te*. Cioè, non credo che abbiamo avuto una vera conversazione senza commenti maligni o urla finché non abbiamo cominciato a pomiciare."

Wes aveva gli occhi che ridevano. "Vero, anche se sono felice che continuiamo con i commenti e le urla. Rende tutto interessante."

Il telefono di Jillian vibrò con un'allerta meteo e lei sospirò. "Sembra che stia per piovere. Dovremmo tornare indietro."

"Vieni da me? Cucino io."

"Le parole che ogni ragazza vorrebbe sentire," disse Jillian con una risata, mentre ripercorrevano il sentiero. Erano stati molto attenti a non usare la parola con la A mentre parlavano di sentimenti, Jillian non era del tutto sicura di essere innamorata di lui. Wes le piaceva. Voleva stare con lui? Ma amarlo? Beh, l'amore faceva male. Molto. Era un gran rischio, soprattutto per lei in quella situazione. Perché se Jillian avesse amato davvero Wes e la situazione fosse diventata troppo faticosa come era successo con Sophia, non le sarebbe rimasto nessuno.

Avrebbe perso gli amici, le fondamenta che aveva cercato di costruire per se stessa.

Avrebbe perso Wes.

Avrebbero dovuto andare con calma e quello avrebbe dovuto bastare. Perché amare Wes in quel momento sarebbe stato un errore.

Se Jillian avesse continuato a ripeterselo, prima o poi ci avrebbe creduto.

"Si è scoperto chi ha cercato di entrare nel magazzino?" chiese Jillian mentre tornavano indietro e cercava di non pensare al futuro con Wes.

"No e mi fa incazzare. Quanti tentativi falliti ci sono stati? *Cinque*? Posso dare la colpa a dei ragazzini per uno o due episodi, ma tutti? Non lo so. Siamo rimasti indietro due volte per colpa dei vetri rotti e dei materiali ribaltati e mi dà molto fastidio. Per non parlare dell'ascensore che si è rotto *di nuovo* dopo che lo abbiamo aggiustato, e anche delle perdite che non hanno niente a che fare con il tuo lavoro," aggiunse rapidamente quando lei iniziò a borbottare. "Se metti tutto insieme, sembra che qualcuno stia sabotando il progetto o che abbiamo una maledizione."

"Non dimenticarti di quando sei rimasto ferito," disse Jillian, con la voce che si spezzava quando ricordò Wes in quel letto d'ospedale. "Ti hanno assalito appena iniziato il progetto e quel tizio continuava a chiedere 'dov'era'. Ma *che cosa*?"

Wes aggrottò la fronte. "Non credi che ci sia un collegamento, vero?"

Jillian scosse la testa. "No, non proprio, ma non si sa mai." Si bloccò quando ricordò un particolare che non aveva detto a Wes.

"Che c'è?" le chiese lui, quando si fermò per guardarla, poi si accigliò. "Ti sei fatta male? È la caviglia? Ti porto in braccio."

Jillian alzò la mano quando lui si chinò per sollevarla. "Non mi sono fatta male, signor Aggiustatutto. Pensavo. Sto bene."

Wes la baciò rapidamente. "Forse volevo solo toccarti..."

"Sfacciato. Forse quando arriviamo a casa tua..."

"È una promessa." La sculacciò e lei rabbrividì. Maledetto. "A che pensavi?"

"Una sera, dopo essere tornata a casa, ho pensato che qualcuno avesse messo le mani nella mia roba. Non riesco a spiegarlo, ma è stato come se qualcuno fosse stato in casa mia, e io lo *sapessi*. Cioè, ho pensato solo di essere stanca e paranoica al momento, ma adesso non ne sono sicura."

"Cazzo, Jilli. Sei seria? Perché non me lo hai detto

quando è successo? Perché non hai chiamato la polizia?"

Jillian alzò di nuovo le mani, infastidita da se stessa e da lui. "Non mi ricordo perché non ne ho parlato subito, forse perché ero esausta, ma in tutta onestà mi è passato di mente perché non sembrava un problema. Non c'era niente fuori posto, per cui non potevo chiamare la polizia e dire: 'Ehi, ho una strana sensazione, potete usare tutti i vostri mezzi per questa piccola donna bisognosa?'"

Wes ringhiò e imprecò sottovoce. "Se pensavi che qualcuno fosse entrato a casa tua a cercare qualcosa senza trovarlo, potrebbe essere collegato a tutto il resto."

"Oppure abbiamo guardato troppi polizieschi in cui *tutto* è collegato. Era solo una sensazione. Non avrei dovuto parlarne. L'unica ragione per cui ho tirato fuori l'argomento è perché me ne ero dimenticata. Sono sicura che non ci siano collegamenti. Non avrebbe senso."

Wes strinse gli occhi e Jillian gli tirò la mano. Il primo tuono squarciò l'aria e lei tirò Wes con più forza. "Andiamo, siamo *vicinissimi* al furgone e non voglio bagnarmi." Wes corse riluttante accanto a lei verso il veicolo. Appena furono in macchina e avviarono il motore, le prime gocce di pioggia caddero sul parabrezza.

Jillian sapeva che Wes stava rimuginando su quello che gli aveva detto proprio come lei, ma sul serio, quante possibilità c'erano che fosse tutto collegato? *Pochissime*, si disse Jillian.

In più, lei non aveva niente che qualcuno potesse volere per sé.

Vero?

Capitolo diciannove

"Faremo tardi," disse Wes, mentre si appoggiava alla porta della camera da letto, ma Jillian si inginocchiò davanti a lui e gli passò lentamente una mano sull'uccello. Era un'immagine bellissima e Wes sapeva che sarebbe sempre riuscito a vederla così, in ginocchio, a tenerlo per le palle. Letteralmente.

Era dannatamente sexy.

"Credo che ci sia il tempo di finire, prima di dover andare." Jillian gli fece l'occhiolino prima di usare la lingua per giocare sulla fessura in cima all'uccello.

Lui gemette e le mise una mano fra i capelli. "Ok, ok. Se vuoi succhiarmelo, credo che troveremo il tempo."

Jillian lo strizzò e lui emise una risata strozzata.

"Era quello che pensavo, Wesley." Poi gli canticchiò sull'asta mentre lo succhiava, alzava e abbassava la testa mentre lui incrociava gli occhi.

Jillian gli passò la lingua sull'asta e se lo lavorò fino a portarlo sempre più vicino all'orgasmo e a farsi indietro quando lui fu sul punto di venire. Conosceva il corpo di Wes, sapeva quali erano i segnali dell'orgasmo e per questo si sentiva *potente*.

A lui piaceva un sacco.

Quando sarebbe stato lui a prenderla, si sarebbe comportato allo stesso modo con lei. Conosceva il corpo di Jillian dentro e fuori e avrebbe dato piacere a entrambi perché lo trovavano insieme oltre il limite dell'ossessione e del piacere.

Wes aveva ancora i jeans abbassati sui fianchi e si muoveva lentamente con la patta aperta, quando Jillian risucchiò le guance. Lui gemette e le venne in gola un attimo dopo. Le aveva tirato i capelli per avvisarla, ma lei aveva continuato a canticchiare e ingoiò ogni goccia. Quando gli lasciò andare l'uccello con uno schiocco, Wes grugnì e la tirò per i capelli, aggressivo ma gentile perché sapeva che le piaceva. La baciò con foga e sentì il proprio sapore sulla lingua di Jillian. Si eccitò di nuovo e, quando lei gli si agitò tra le braccia, eccitata perché gli aveva fatto un pompino, Wes le strinse i fianchi e le tirò i capelli per esplorarle meglio la bocca.

"Wes," ansimò Jillian, mentre si allontanava da lui, entrambi con il fiato corto.

"Sei fottutamente eccitante." Wes le morse il labbro e lei gemette.

Jillian gli fece l'occhiolino quando si allontanò e si asciugò dall'angolo della bocca una goccia di sperma che era sfuggita a entrambi. Quando vide la luce maliziosa che lei aveva negli occhi, Wes decise di prendere il controllo, almeno per il momento.

Fece voltare entrambi e girò Jillian fino a farle poggiare la schiena contro il proprio petto. Poi la spinse con forza contro la porta e gli piacque sentire il battito accelerato di lei mentre le stringeva il polso. Quando Jillian premette la guancia contro la porta e gli agitò il sedere contro l'erezione, Wes la sculacciò con forza.

"Non ti muovere," le ordinò a voce bassa. "Non sei in vantaggio, qui, Jilli. Scoperò questa passera, la *mia* passera, ma prima voglio vedere quanto sei bagnata. Sei una sporcacciona, Jillian? Sei bagnata perché avevi in bocca il mio uccello e ti sei strozzata mentre venivo?"

Lei si leccò le labbra, vistosamente eccitata dalle parole di Wes. Ma dato che stavano per andare un po' al di là del solito, lui si chinò e le mordicchiò l'orecchio.

"Mi fermo quando vuoi," le sussurrò. "Se vado troppo in là, me lo dici e ci fermiamo subito. Non voglio farti male, ma ti farò supplicare." Non arrivavano mai al punto di dover usare una parola di sicurezza, dato che non era quello che preferivano, ma Wes voleva assicurarsi che fossero sulla stessa lunghezza d'onda.

Jillian gli sorrise con occhi calorosi. "Mi piace, Wes. Non preoccuparti per me, fammi godere."

Wes si chinò e la baciò. "Fattibile. Adesso, fammi vedere... Sei bagnata? O mentivi quando hai detto di essere eccitata?"

Le slacciò il bottone dei jeans e le mise una mano nei pantaloni. Erano stretti, ma Wes superò il monte di venere e infilò le dita dentro di lei in un lampo. Lei strinse le cosce intorno alle dita di Wes e lui sorrise.

"Sei maledettamente bagnata." Fece entrare e uscire le dita un paio di volte perché Jillian si abituasse alla mano, poi aumentò la velocità. I suoni umidi che producevano le dita di Wes dentro Jillian invasero la stanza e lui si eccitò ancora di più. Diamine, quella donna era troppo sensuale e a Wes piaceva come facevano sesso.

"Ci sono quasi," ansimò Jillian.

Wes si sporse in avanti e le morse la spalla da sopra la maglia. Jillian gettò la testa all'indietro durante l'orgasmo, la passera stretta come una morsa intorno alle dita di Wes. Lui tolse lentamente la mano mentre Jillian tornava in sé e si assicurò che lei lo guardasse mentre si leccava le dita.

"Cavolo, è eccitante," disse lei con una risata. "Quando guardavo i porno non ho mai pensato che potesse esserlo, ma vedere te è tutta un'altra storia. Voglio il tuo grosso uccello dentro di me, subito."

Wes gongolò, felice del fatto che *ridessero* e scherzassero durante il sesso. Jillian lo aiutò a toglierle i jeans e poi gli abbassò i pantaloni all'altezza delle ginocchia, ma lui non le fece cambiare posizione, così avrebbe potuto prenderla da dietro.

"Mani sulla porta," le ordinò e, quando lei obbedì, la penetrò. Era talmente bagnata e scivolosa che non sarebbero durati a lungo, ma a Wes non dispiaceva. I preliminari tra loro erano sempre tanto lunghi ed eccitanti che di solito arrivavano a tre o quattro round per notte, se se la giocavano bene.

La porta tremò sui cardini mentre Wes scopava Jillian, i fianchi di lei che si muovevano insieme a quelli di lui e gli premevano contro l'inguine mentre andava sempre più in profondità. Vennero troppo presto e ansimarono il nome l'uno dell'altra. Erano sudati e Wes sapeva che erano entrambi appiccicosi e in disordine.

Era stato il miglior sesso di sempre.

"Siamo ufficialmente in ritardo per la cena," disse Jillian con una risata, mentre aveva ancora il viso premuto contro la porta.

Wes alzò gli occhi al cielo e le sculacciò il sedere nudo; le lasciò una macchia rossa, che le strofinò delicatamente perché non le facesse male.

"Te l'ho detto prima che iniziassi a succhiarmelo."

"Beh, tu non hai protestato molto, vero?"

"Avevi il mio uccello in bocca, non avevo molte possibilità di discutere. Diamoci una ripulita e usciamo. Un po' di ritardo è accettabile." Non aveva mai detto niente del genere in tutta la vita.

Inutile a dirsi, fecero la doccia insieme e ci volle più del previsto; perciò arrivarono in grande ritardo, ma la direttrice di sala dallo sguardo scaltro li condusse comunque al tavolo.

"Ho visto come ti guardava," gli sussurrò Jillian da sopra il menù. "Sapeva perché siamo arrivati tardi."

Wes sorrise e studiò la sezione delle bevande e le birre alla spina. "Beh, non mi sorprende, dato che hai due scarpe diverse e la zip del vestito non è completamente chiusa."

Jillian sussultò e controllò prima di dargli un calcio sotto al tavolo con la scarpa a punta, la stessa che aveva all'altro piede.

"Bugiardo," sussurrò con violenza.

"Ma hai riso." Le fece l'occhiolino e lei ridacchiò mentre gli mostrava il medio da dietro il menù.

"Non riesco a credere a quanto sia stata bella questa settimana rispetto a quella passata," disse Jillian a cena finita, quando passarono alla torta al cioccolato. Wes mangiò lentamente la propria, concentrato sul modo in cui lei leccava la panna montata dalla forchetta invece che sul sapore del dolce.

Aveva perso la testa per Jillian.

"Hai ragione," le disse dopo un altro boccone. Doveva concentrarsi sulla conversazione e non su quello che aveva intenzione di fare più tardi. "Siamo riusciti a lavorare e siamo diretti all'obiettivo. È stata una buona settimana."

Non c'erano stati contrattempi, nessun tentativo di scasso e nessun indizio su chi avesse aggredito Wes nel vicolo. Gli facevano male le costole al solo pensiero, ma non aveva avuto nessun effetto a lungo termine dall'aggressione. Avevano persino chiamato il detective che seguiva il caso per controllare la casa di Jillian, ma non aveva preso in considerazione l'accaduto. Tutto sommato, non avrebbe avuto senso che fosse tutto collegato, ma volevano essere sicuri che comunque ci fosse una traccia.

"Un brindisi alla prossima settimana," disse Jillian e fece battere la forchetta contro quella di Wes.

"A proposito della prossima settimana, mi ha chiamato mamma e ha detto che la cena di famiglia sarà a casa sua sabato prossimo. Si alterna con Austin ogni mese, dato che casa sua è grande abbastanza per tutti."

"Lo è anche casa tua," aggiunse Jillian.

"Vero, ma abbiamo appena aggiunto Austin in questo giro. Dagli il tempo di beneficiarne," disse con una risata. "Comunque, vuoi venire? Ti sto invitando io. Voglio portarti come mia accompagnatrice, invece di farti invitare da mia madre come l'altra volta."

A Jillian si illuminarono gli occhi. "Mi farebbe piacere e sai che tua mamma probabilmente mi chiamerà comunque domani per invitarmi. È molto dolce."

E le piace fare da Cupido, ma non era quello il punto. "Ci scommetto. Le piaci." E voleva assicurarsi che Jillian non si sentisse mai sola. Wes adorava il fatto che la famiglia l'avesse accolta tanto in fretta.

Dopo tutto, non poteva essere altrimenti.

Wes amava Jillian Reid. Presto glielo avrebbe detto. Lei non era pronta e lo sapevano entrambi. Wes aveva visto l'espressione di lei quando avevano parlato della loro relazione, sapeva che, se glielo avesse detto e lei fosse scappata, Jillian si sarebbe sentita sola anche se non era così. In più, si stava ancora riprendendo dalla morte del padre e la loro relazione non era ancora arrivata a quel punto. Glielo avrebbe detto al momento giusto.

O quando avrebbe trovato il coraggio... certo.

"Sei pronto a tornare a casa?" gli chiese Jillian quando il cameriere tornò con la carta di credito di Wes.

Lui annuì, poi si bloccò. "Oh... mio Dio."

"Che c'è?" Jillian si raddrizzò, allarmata. "Cos'è successo?"

"Ho dimenticato il tablet al magazzino. Non riesco a crederci."

Jillian batté le palpebre. "Tu? *Tu* hai dimenticato il tablet? Ce l'hai *sempre* in mano. Ero sorpresa che non te lo portassi a letto. Ed è sabato, Wes. Il che significa che sono passate più di ventiquattr'ore dall'ultima volta che lo hai controllato."

"Non riesco a crederci." Era stato talmente preso dall'appuntamento con Jillian che si era concentrato sulla vita e non sul lavoro. Doveva essere un miracolo.

"Beh, possiamo passare dal magazzino mentre andiamo a casa tua. È più o meno sulla stessa strada."

Wes scosse la testa. "Posso aspettare fino a lunedì," mentì.

"Certo, Wes. E poi vedremo un bell'arcobaleno notturno quando arriviamo a casa. Andiamo, sai che non riuscirai a concentrarti ora che sai di averlo dimenticato. Prima non ci pensavi perché non te ne eri reso conto; ma adesso che lo sai sarà come un tarlo e a me non piace l'idea di fare sesso mentre tu pensi ai bei momenti passati con il tuo tablet."

Jillian sfarfallò le ciglia quando si alzò, mentre Wes scoppiò a ridere e catturò l'attenzione di qualche cliente.

"Andiamo, allora," disse e poi prese Jillian per mano. "Spero che non ci voglia molto, perché adesso sto pensando a te, me e il mio tablet insieme." Si chinò per sussurrarle all'orecchio, "Guarderemo un porno e vedremo se riusciamo a imitarlo."

Stavano ancora ridendo quando entrarono in macchina. Avevano lasciato i furgoni a casa di Wes e preso l'auto, dato che volevano essere raffinati per una sera. Era bello per Jillian togliersi gli scarponi da lavoro e i jeans e mettere qualcosa di morbido e luccicante.

"Di che tipo di porno stiamo parlando?" gli chiese Jillian, con la mano stretta in quella di Wes.

Lui cambiò posizione, ce l'aveva già duro. Andava sempre in quel modo quando era vicino a Jillian. "Pensavo al porno nella categoria per donne. Lì ci sono le migliori scene di sesso orale, quelle in cui vengono entrambi dopo un rapporto completo."

"Piuttosto che dopo un pompino di quaranta minuti, un paio di grida finte, con lui che le viene in faccia?" chiese lei, ironica.

"Esatto." Wes fece una pausa. "Come diamine fa un uomo a durare quaranta minuti in quelle condizioni? Io ne duro appena due, quando mi fai un pompino."

Jillian rise e si sporse sopra il bracciolo per baciargli la guancia. "Duri più di due minuti, Wesley, ma mi conforta sapere che posso farti venire."

"Idem," ringhiò. "Adesso basta parlare di sesso, perché ho difficoltà a tenere gli occhi sulla strada."

"Beh, posso parlare del nido di serpenti che ho trovato in una parete sul mio vecchio posto di lavoro. La mamma aveva fatto la muta e, santo cielo, doveva essere enorme. I piccoli erano una ventina e facevano rumore mentre strisciavano nel muro." Jillian rabbrividì. "All'inizio pensavo fosse un brutto ingorgo ma no: serpenti, tanti."

Wes rabbrividì e strinse la mano sul volante. "Che ne è stato di loro?" chiese a denti stretti. Non aveva paura dei serpenti in sé, ma così tanti tutti insieme? No, grazie.

"È venuta la protezione animali e li ha trasferiti. Non so se abbiano mai trovato la mamma. Avevo finito con l'incarico e non ne ho idea."

Arrivarono al cantiere e parcheggiarono sotto uno dei grandi fari che illuminavano il magazzino. "Grazie per l'immagine mentale."

"Ti ha aiutato, giusto?"

"In un certo senso. Vuoi aspettare qui mentre io vado a riprendere al volo quel dannato aggeggio?"

Jillian scosse la testa e iniziò a uscire dall'auto in tutta risposta. "Sto bene. Fa caldo e non voglio stare da sola in macchina. In più... so che hai avvisato la sicurezza per dire che saresti passato, ma preferirei comunque stare con te."

Solo a pensare al perché avevano bisogno del servizio di sicurezza, Wes strinse le mascelle. "Andiamo," disse e le porse la mano. Jillian la prese e andarono a parlare con la sicurezza e poi si diressero verso il magazzino.

"Credo di averlo lasciato vicino a dove ho organizzato l'ufficio. Sono proprio un idiota."

"No, non lo sei, e comunque hai tutto anche sul computer, ma prendiamo il tablet e andiamo. Questo posto mi dà i brividi al buio."

Wes le passò un braccio intorno alle spalle e la attirò a sé. "Non ti preoccupare, ti proteggo io." Non mentiva.

"Non se ti proteggo io per prima." Wes aveva la sensazione che nemmeno lei stesse mentendo.

Andarono dove Wes aveva lavorato il venerdì pomeriggio e lui sospirò di sollievo quando vide il tablet su una pila di legna, intonso e solo soletto.

"Il mio *tesssoro*," sussurrò Jillian. Wes le rivolse un'occhiataccia e lei batté le palpebre in modo innocente. "Stavo solo dando voce al tuo monologo interiore."

Wes le baciò la mano. "Ed è per questo che ti amo." Si immobilizzarono entrambi quando lo disse e Jillian sgranò gli occhi. "Ehm..."

Prima che Wes potesse aggiungere altro, sentirono un rumore alle loro spalle. Si voltarono entrambi confusi, poi successe tutto insieme.

Ci fu un lampo davanti a Wes e sentirono un rumore come di fuochi d'artificio. Jillian gli si schiacciò contro un fianco e lui cercò di coprirla ma finì a terra. Entrambi sbatterono la testa contro il cemento.

Wes si girò in modo da coprirla e la mano gli scivolò in qualcosa di caldo e bagnato. Quando finalmente si rese conto di cosa fosse quel liquido rosso, gli si strinse la gola e premette la mano sulla spalla di Jillian, dove il sangue usciva attraverso il luccicante vestito nero e si raccoglieva sotto di loro.

Jillian aveva gli occhi chiusi, era pallida e Wes non riusciva a pensare a come reagire. Si voltò e vide quattro energumeni che alzavano le pistole contro di loro. Non si mosse, non respirò, ma prima che si rendesse conto che quelli potevano essere gli ultimi attimi della sua vita, si sentì un altro sparo.

"Fermi! Polizia! Siete circondati. Mettete giù le armi, mani in alto!"

A Wes tremavano le mani mentre copriva la ferita di Jillian. Doveva portarla in ospedale. Sapeva che era messa male e non c'era tempo da perdere.

E poi tutto cambiò di nuovo.

Una macchia nera gli finì addosso e si sentirono di nuovo degli spari. Un omone gli atterrò addosso e gli schiacciò la spalla contro il terreno. All'inizio non sapeva se fosse un poliziotto o uno di quelli che li avevano attaccati, ma non gli importava: in quel momento doveva stare con Jillian.

Spinse via l'uomo, si alzò a sedere e vide finalmente che si trattava di un tipo vestito di nero con un passamontagna dello stesso colore. Capì che non poteva essere un poliziotto e Wes lo colpì in faccia con forza una, due, tre volte, finché non lo stese, e poi strisciò da Jillian, che era talmente immobile da fargli temere il peggio.

Intorno a lui la gente urlava, ma Wes riusciva solo a guardare la donna che amava e che stava morendo fra le sue braccia. Non riusciva a immaginare un mondo dove non la sentisse ridere, non la vedesse sorridere.

"Mi serve aiuto," gridò. "Chiamate un'ambulanza!"

Altre persone corsero intorno a lui e vide Frances. Aveva in mano una cassetta del pronto soccorso e aveva accanto due poliziotti. Wes lasciò che lo allontanassero, ma tenne sempre una mano su Jillian mentre loro cercavano di mantenere stabili le condizioni di lei fino all'arrivo dell'ambulanza.

Gli faceva male tutto e aveva il cuore a mille. Non riusciva a concentrarsi su niente: solo quando qualcuno gli toccò la nuca, si rese conto di sanguinare.

Gli puntarono la luce negli occhi. A quel punto

portarono via Jillian e il mondo di Wes cadde nell'o-
scurità.

Non poteva perderla.

Non riusciva a immaginare un mondo senza
di lei.

Non ci riusciva.

Capitolo venti

Jillian si svegliò e batté le palpebre per le luci forti. Non sapeva quanto avesse dormito, ma sapeva dov'era.

In ospedale.

Le avevano sparato.

O almeno... era così che si sentiva. L'alternativa era che un camion l'avesse presa in pieno e l'avesse lasciata a sanguinare al freddo sul pavimento di cemento del magazzino. Jillian non ricordava tutto quello che era successo, solo il dolore bruciante alla spalla e il tonfo nauseante della testa che colpiva il pavimento. Sapeva di aver dimenticato un dettaglio importante, ma non riusciva a ricordare.

Nelle orecchie aveva tutta una serie di bip e altri rumori da ospedale e aveva difficoltà a mettere a fuoco con le luci forti. Le faceva male la gola, si sentiva talmente appesantita che temette di non riuscire più a sollevare le braccia. Ovviamente, appena ci provò sentì un dolore lancinante alla spalla e soffocò un sussulto.

Qualcuno accanto a lei le si avvicinò e inspirò. "Jillian? Sei sveglia. Oh, grazie al cielo."

Jillian conosceva quella voce.

Wes.

Jillian era balzata davanti a lui e le avevano sparato, ma se Wes le stava parlando stava bene, no? Perché lei non sapeva come avrebbe reagito se Wes fosse stato ferito.

"Wes?" gracchiò.

"Aspetta, ti do dell'acqua." Si allontanò e lei continuò a battere le palpebre in modo che lui non restasse una macchia scura sopra di lei. Wes le mise una cannuccia fra le labbra mentre Jillian cominciava a vedere in modo più nitido: avrebbe potuto piangere solo a vederlo.

Wes aveva un aspetto orribile, ma per Jillian non era mai stato più sexy.

Perché era *lì*.

Jillian ingoiò qualche sorso d'acqua prima che lui le togliesse il bicchiere per appoggiarlo sul comodino accanto al letto.

"Vado a dire all'infermiera che sei sveglia," le disse dolcemente, mentre si chinava sopra di lei. "Sono così dannatamente felice che hai aperto gli occhi, Jillian. Mi hai spaventato a morte e, quando ti sarai ripresa del tutto, ho intenzione di urlarti contro perché ho perso dieci anni di vita."

Wes le passò le dita lungo la mascella e Jillian piagnucolò con le lacrime che le scendevano lungo le guance. Che le era preso? Di solito non piangeva, ma solo il fatto che Wes la stesse toccando la sconvolgeva.

"Torno subito, piccola." Poi sparì e Jillian fu di nuovo sola a chiedersi cosa diamine fosse successo. Wes non rimase a lungo fuori dalla stanza. Jillian batté le palpebre e lui le fu di nuovo accanto all'improvviso, insieme a due infermiere e forse persino un medico a controllarla.

"Il proiettile non ha colpito l'osso," spiegò il dottore. "Il che è positivo, ma rimane il fatto che ha perso molto sangue sulla scena e ha una commozione cerebrale. Comunque, col tempo e la fisioterapia per la spalla, si sentirà presto come nuova." Le diede altre spiegazioni prima di andare a parlare con un altro paziente. Una delle infermiere rimase ancora per indicarle dove fosse il campanello e suggerirle come passare il tempo, oltre a dirle che sarebbe dovuta restare sotto osservazione in ospedale almeno altri due giorni.

Dopo quelle che sembrarono ore, Jillian rimase finalmente sola con Wes senza la minima idea di quello che avrebbe detto.

"Che è successo?" Ok, forse la bocca le funzionava meglio del cervello al momento.

Wes le sorrise appena prima di sedersi sullo sgabello vicino al letto. Le prese la mano e aggrottò la fronte.

"Sei quasi morta perché hai preso un cazzo di proiettile al mio posto. Ecco che è successo."

Jillian deglutì rumorosamente, il ricordo del lampo e dello scoppio le riverberò nel cervello. Non lo avrebbe dimenticato tanto presto, ma ne avrebbe parlato più tardi con Wes. Aveva già la sensazione che, ogni volta che avrebbe chiuso gli occhi, avrebbe rivisto lo sparo risentito di nuovo dolore, ma Wes era lì. Era *vivo*. Avrebbe sopportato i postumi solo per quello, se necessario.

"Ricordo quella parte. Per lo più."

"Allora ricorderai quello che ho da dirti," disse Wes a denti stretti. "Non. Riprovarci. Mai. Più. Pensavo di averti persa." Gli si spezzò la voce e si chinò a poggiare delicatamente la fronte contro quella di lei. Il gesto permise a Jillian di toccare Wes senza doversi muovere e gliene fu grata.

"Anche io avrei potuto perdere te."

"Non posso perderti, Jillian. Ti amo così tanto."

Ecco quello che aveva dimenticato. Sgranò gli occhi. "Me lo avevi detto," sussurrò. "Poco prima che si scatenasse l'inferno."

Wes emise un sospiro tremante. "Sì, non è stato il mio momento migliore. Aspettavo quello giusto."

Jillian aveva gli occhi lucidi e allungò il braccio sano per mettergli una mano sulla guancia. "Ti amo anch'io," sussurrò.

Wes sorrise, con gli occhi lucidi. "Sì? Ottimo."

Jillian rise e poi emise un lamento, dato che ridere le faceva malissimo. "Ok, non è stata un buona idea."

Wes strinse gli occhi e si risedette sullo sgabello. "Non lascerò più che tu ti riduca in queste condizioni."

"Wes, tesoro, non puoi sistemare tutto. Pensavo ne avessimo già parlato."

"Va bene, allora non permetterò che la *mafia* ti spari di nuovo."

Quella volta fu lei a stringere gli occhi. "Mi prendi in giro, vero? C'è una famiglia *mafiosa* a Denver?"

"A quanto pare, non ci sono famiglie mafiose solo in televisione," disse Storm, mentre entrava nella stanza con Everly. "Scusate se vi interrompo, ma la famiglia è in sala d'attesa in preda all'ansia, e abbiamo pensato di entrare, dato che siamo parenti del tuo fidanzato."

Jillian doveva aver battuto la testa più forte di quanto pensasse. "Il mio fidanzato?" Guardò Wes, che era arrossito.

"Ehm... beh... te lo avrei chiesto tra qualche mese, ma non è questo il punto."

"Eh?" Jillian aveva il battito accelerato. "Davvero?"

"Quello che Wes vuole dire è che si è rifiutato di lasciarti. Si è assentato solo quando gli hanno dovuto mettere i punti alla testa e quando tu eri in sala operatoria, il che significava che aveva bisogno di un modo per tornare da te, visto che lasciano restare solo i parenti." Everly girò intorno al letto e si chinò a togliere i capelli dal viso di Jillian. "È bello vederti sveglia, dormigliona. Ci hai spaventati a morte."

"Sono contenta anch'io," sussurrò Jillian, prima di voltarsi di nuovo verso Wes. "Che vuol dire che ti hanno messo i punti alla testa? Sei ferito? Dovresti essere a letto accanto a me, dannazione. Meglio che tu non abbia fatto l'eroe e non abbia detto di stare bene solo perché volevi essere qui quando mi sarei svegliata."

Storm si lasciò andare a una risata strozzata e Jillian vide che Everly lo guardò male. "Scusa," disse lui. "Ma fa ridere detto da te, dato che sei stata tu a fare l'eroina, o così abbiamo sentito dire." Alzò le mani mentre lo diceva, ma Jillian gli lesse la preoccupazione negli occhi.

Era ancora il suo migliore amico, persino con tutto ciò che avevano passato; Jillian gliene sarebbe sempre stata grata.

"Sono confusa. Possiamo andare un passo alla volta?" chiese Jillian.

"Direi di sì," sussurrò Wes. "Quando siamo arrivati al magazzino, abbiamo evidentemente interrotto una perquisizione. Non era nemmeno la prima."

"Stai sempre parlando della mafia?" chiese Jillian.

"Per quanto sembri una follia, sì," disse Everly.

"Sembra che la persona a cui apparteneva l'edificio prima dell'ultimo proprietario fosse il cugino, o un cugino di secondo grado, dell'attuale boss di Denver. Ha lasciato alcuni oggetti e nessuno si è accorto che erano nascosti nelle pareti. A quanto pare, il cugino voleva mettere le mani sugli affari di famiglia e si è ricordato che c'erano dei documenti importanti che avrebbero potuto incriminare sia lui che la famiglia. I dettagli non mi sono chiari al cento per cento, ma dovevano assicurarsi che non trovassimo niente di importante. Beh, non ci sono riusciti."

"La scatola dietro lo scaldabagno," disse rapidamente Jillian. "Quella pesante che non riuscivamo ad aprire."

"Ci sei arrivata subito. Sono venuti al cantiere perché non sapevano che l'avevamo portata altrove. Da qui l'aggressione nel vicolo, il tizio in casa tua e tutte le effrazioni al cantiere. Non solo volevano perquisire il magazzino in cerca di quello che avevano lasciato, ma volevano anche spaventarci e mandare all'aria il progetto."

"È una follia," disse Jillian. "Una vera follia."

"Solo un Montgomery può trovarsi in mezzo a una storia così malsana," aggiunse sarcastico Storm. "Davvero, ragazzi, non ne possiamo più di queste sale d'attesa. Dobbiamo smetterla di metterci le tende."

"Aspetta. Vuoi dire che sono tutti qui? Per me? O è stato per Wes?" Si voltò di nuovo verso l'uomo che amava. "Non ancora mi hai detto come ti sei fatto male."

Wes le strinse di nuovo la mano per tranquillizzarla. Avrebbe dovuto infastidirla il fatto che Wes riuscisse a calmarla in quel modo, ma non voleva più lasciarlo andare. "Ci arriveremo. E sì, fuori c'è tutta la famiglia, tranne i bambini e uno o due adulti che fanno i turni con loro. Sono qui per te. Mi hanno già visto dopo che mi hanno messo i punti sulla nuca. Sono felice che non siano graffette."

"Dimmi come sei rimasto ferito, Wesley, o ti faccio male io."

Storm non si scomodò a soffocare la risata ed Everly si unì a lui. "Mi piacete, voi due," disse con un sorriso il migliore amico di Jillian. "Mi avete spaventato a morte, ma mi piacete sul serio."

"Sono felice di avere la tua approvazione," disse Jillian sarcastica prima di rivolgersi di nuovo a Wes. "Dimmelo, dannazione."

"Ho battuto la testa quando sono caduto e poi un'altra volta quando uno di quei tizi mi ha sbattuto via da te. Gli ho dato un paio di pugni e l'ho mandato al tappeto prima di tornare da te. Sto bene. Ho solo una lieve commozione cerebrale, per niente brutta come la tua."

"Il che significa che quando uscirete di qui, ci andrete piano entrambi," ordinò Everly. "Sono sicura che Marie e gli altri hanno già stabilito dei turni per prepararvi da mangiare e per pulire. Assecondateli," Everly disse diretta a Jillian. "Sei una Montgomery ora, devi abituarti al fatto che ti abbiamo assimilata."

Everly si alzò e andò accanto a Storm. "Vi diamo qualche minuto per parlare prima che arrivi l'orda. Jillian, appena ti senti stanca, diccelo e noi ce ne andiamo. Ok?"

Jillian pianse di nuovo e rivolse agli amici un sorriso tremante. "Io... non so cosa dire."

Storm mise un braccio intorno alle spalle di Everly e le baciò la testa. "Benvenuta in famiglia."

Con quelle parole, la lasciarono sola con Wes. Jillian aveva la mente in subbuglio e sapeva che ci sarebbe voluto un po' per accettare tutto quello che era successo, ma sapeva che doveva ancora sbrigare una faccenda, prima che arrivassero gli altri Montgomery.

"Prima eri serio?" chiese, con voce accuratamente neutrale.

Wes aggrottò la fronte e si chinò di nuovo su di lei a passarle il dorso della mano sulla guancia. "Quando?"

"Quando hai detto che mi avresti chiesto di sposarti più in là invece di dire la verità alle infermiere."

Wes sgranò gli occhi e Jillian gli guardò il pomo

d'Adamo andare su e giù mentre deglutiva rumorosamente. "Sì... non mentivo. Volevo aspettare che trovassimo il nostro ritmo come coppia. Avevo finalmente trovato il coraggio di dirti che ti amo, poi mi sarei messo in ginocchio e ti avrei chiesto di sposarmi per passare il resto della vita insieme. Non ho nemmeno l'anello." Emise una risata roca. "Prima di dirti che ti amo, avevo persino paura di cercarne uno che ti donasse. Non volevo spaventarti."

Quelle parole le fecero effetto e Jillian ricominciò a piangere. Dall'aria impaurita di Wes, ne doveva essere rimasto sorpreso.

"Che c'è? Che succede?"

"Ti amo tantissimo," disse Jillian, e Wes si mise a ridere.

"Mi ami e quindi piangi?"

Jillian si agitò la mano buona davanti alla faccia. "Non riesco a fermarmi. Probabilmente sono gli antidolorifici."

Wes scosse la testa e le baciò la fronte. "Forse."

"Me lo chiederesti?" disse di getto.

Wes si immobilizzò. "Adesso?"

"Sì, adesso. So che non hai un anello e non posso saltarti in braccio, ma credo che sia meglio non mentire ai dottori, vero?"

Wes aveva gli occhi che brillavano e gli stava per spuntare un sorriso. "Ah sì? Vuoi che ti chieda di sposarmi così non devi mentire?"

"Esatto, e poi perché ti amo da impazzire. Ho passato tanto tempo ad avere paura di quello che poteva succedere se avessi cercato qualcosa di più di quello che credevo di meritare. Ho sprecato *troppo* tempo senza di te nella mia vita. Non voglio perdere un altro secondo."

Wes si chinò e la baciò con dolcezza, senza preoccuparsi dell'alito cattivo. "Mi hai tolto le parole di bocca. In effetti, hai detto le parole perfette per una proposta di matrimonio. Non voglio tornare a casa senza di te. Non voglio svegliarmi più senza sapere che mi sei accanto, pronta a passare il resto delle nostre vite insieme."

Jillian ricominciò a piangere e vide che anche Wes aveva gli occhi lucidi. "Andiamo, Wesley, non tenermi sulle spine."

Lui rise dal naso e scosse la testa prima di inginocchiarsi leggermente senza abbassarsi del tutto dato che Jillian era ancora a letto. "Jillian, vuoi sposarmi e rendermi l'uomo più felice del mondo? Vuoi litigare e fare pace con me? Vuoi dare più vita alle mie giornate organizzate e farmi finalmente smettere di essere l'unico Montgomery single?"

Jillian rise e annuì. "Nessuno vuole che tu resti l'unico Montgomery single in città. Sì, Wes, il mio Wesley, il mio Montgomery. Voglio sposarti. Sarò tua come tu sei mio. Ora e sempre."

Quando le infermiere entrarono nella stanza con Marie e Harry Montgomery, furono circondati da sorrisi e lacrime di felicità, ma Jillian aveva occhi solo per Wes.

Era l'unico uomo che non aveva cercato. Il Montgomery su cui non aveva contato. Il Montgomery perfetto per lei.

Il suo Montgomery.

Per sempre.

Montgomery per sempre

Wes era un uomo incredibilmente felice. Aveva un braccio intorno alla fidanzata ormai guarita, una birra nell'altra mano e la famiglia intorno che rideva e scherzava su stupidaggini poco importanti.

In un mondo dove tutto, a parte la famiglia, sembrava diventare più buio, avrebbe lasciato che quelle risate senza un particolare pretesto gli placassero l'anima. Preferiva gli occhi sorridenti e le risate di pancia del padre al dolore e alle esperienze quasi mortali che avevano passato quasi tutti negli ultimi anni.

La famiglia di Wes era felice, in salute e completa e probabilmente negli anni successivi sarebbe diventata ancora più grande, dato che i fratelli avviavano le proprie famiglie o le ampliavano. Considerato quanto sesso facevano lui e Jillian ultimamente, probabilmente avrebbero cominciato anche loro a mettere in cantiere una famiglia.

"Hai un'aria filosofica," disse Austin, seduto su un divanetto. Sierra si appoggiò a lui con gli occhi assonnati. Leif era sul pavimento a giocare con il fratellino Colin, che non era più tanto piccolo.

"Pensavo a tutto quello che è cambiato negli ultimi anni." Guardò la famiglia e sorrise, anche se con un po' di tristezza. "Cioè, pensa a tutto quello che è successo da quando Sierra ha messo piede alla Montgomery Ink."

Sierra sorrise, con gli occhi più svegli. "Beh, questo cavernicolo mi aveva fatto incazzare, ma che posso dire? È adorabile, quando lo conosci."

"È il motto della nostra famiglia," aggiunse Maya, sdraiata sul pavimento con la testa appoggiata sulla coscia di Jake. Border era seduto accanto a Jake dall'altra parte ma aveva una mano fra i capelli di Maya e glieli scostava dal viso. Il loro bambino, Noah, dormiva in braccio a Border, con il pancino che si alzava e abbassava mentre russava.

Austin scoccò un bacio sulle labbra a Sierra, mentre Leif faceva finta di vomitare. Wes era sicuro che molto presto quel ragazzino non avrebbe più pensato che le ragazze avessero i pidocchi e avrebbe provato a baciarle, ma non disse nulla.

"Allora, ci facciamo tatuare il motto sotto l'iris?" chiese Miranda, con un ampio sorriso sul viso. Era seduta accanto a Decker su un'altra estremità del divano con il piccolo Micah in grembo al padre. Micah tirava la barba a Decker oppure gattonava sul pavimento con il loro cagnolone, che credeva che il bimbo fosse quanto di meglio ci fosse al mondo.

Ovviamente, il cane non era l'unico animale presente, dato che Sunny, il nuovo gattino di Wes e Jillian, dormiva sulla schiena del cane a pancia all'aria e le zampette allargate.

Jillian era andata a vivere con Wes appena uscita dall'ospedale. Dovevano ancora occuparsi della vendita di casa sua e di quella del padre, ma c'era tempo. Avevano preso il gattino appena Jillian si era trasferita, perché lei aveva detto di volerne uno e ovviamente Wes non riusciva a dirle di no.

"Come va il tatuaggio?" chiese Meghan, seduta tra Miranda e Luc. "Anzi, come vanno i tatuaggi di *tutti*?" Sorrise e appoggiò la testa sulla spalla del marito. Il figlio, Cliff, era sul pavimento vicino a loro a giocare con le sorelline Sasha ed Emma. Si erano già spostati prima a giocare con Leif e gli altri e probabilmente ci sarebbero tornati. A Wes piaceva il fatto che tutti i cugini crescessero quasi come fratelli, un po' come era stato per la generazione precedente.

"È bello che abbiate scelto tutti un posto diverso," disse Luc, mentre si guardava il tatuaggio sull'avambraccio. "Lo rende speciale, no?"

"Penso che siamo tutti Montgomery, anche se non di sangue," disse Decker e fece l'occhiolino, dopo quella frase carica di significati.

"Austin è bravissimo," disse Jillian, mentre si dava una pacca sul fianco dove aveva il nuovo iris dei Montgomery. Lei, Tabby ed Everly erano andate a tatuarselo insieme, così ce l'avrebbero già avuto quando si sarebbero sposate. Wes non poté fare a meno di sorridere al pensiero e sapeva che per Jillian l'iris era anche meglio di un tatuaggio con scritto 'Wes'. Diamine, *sapeva* che Maya e Austin non lo avrebbero permesso. Ma il fatto che l'iris era anche il logo dell'azienda, della famiglia e altre parti della loro vita lo rendeva ben diverso da un nome.

"Anche Maya," aggiunse rapidamente Everly, seduta accanto a Storm.

"Sì, è vero," disse Tabby con un sorriso, per poi appoggiarsi ad Alex.

"Certo che sì," disse Maya e scoppiò a ridere.

"Questo significa che sarò io a tatuare il prossimo," aggiunse Austin. "Anche se sembra che abbiamo finito mogli e mariti, a meno che non finiamo con un'altra triade."

"Credo che una basti e avanzi," disse Jake per poi dare un bacio sulla mascella al marito e fare l'occhiolino. "Non credo che qualcuno di voi possa farcela."

Risero tutti e poi Leif alzò lo sguardo e sorrise ad Austin. "Questo vuol dire che il prossimo sono io, vero?"

Sierra si lamentò e Austin scosse la testa. "Ci vuole ancora tempo, ragazzo," ringhiò Austin, anche se gli ridevano gli occhi.

"Continua a crederci, papà." Leif si scansò quando Austin fece scherzosamente per colpirlo mentre rideva.

"Oh!" Esclamò Autumn. "Griffin vi ha dato la buona notizia?" Fece l'occhiolino al marito, che sospirò. "Ok, so che non vi ha ancora detto niente, ma non riesco più a stare zitta."

"Che c'è?" Chiese Marie, mentre si sporgeva verso il figlio. "Che succede?"

"Beh, l'annuncio ufficiale ci sarà domani, ma credo di potervelo dire, se promettete di non postare nulla sui social." Griffin si guardò intorno e tutti annuirono. Capivano cosa significasse mantenere un segreto e non farsi sfuggire nulla. "*Legami fatali* diventerà un film. Non è stato solo approvato, ma anche acquistato. Le riprese cominciano fra due mesi."

Tutti si misero a strillare e presto Griffin dovette toglierseli di dosso per poter respirare. Wes non riusciva a credere che il fratellino avesse fatto tutta quella strada e ci sarebbe stato un *film* che ne portava il nome. Era *fantàstico*.

"Sono così fiero di te," disse il padre, dopo che gli mise una mano sulla nuca. "E sono dannatamente felice di essere qui per poterlo guardare."

A Wes si chiuse la gola per l'emozione e Jillian gli si appoggiò al fianco. Per quanto Harry avesse battuto il cancro e stesse bene, Wes sapeva che Jillian doveva ancora riprendersi dalla perdita del padre. Parlavano spesso di quello e della sparatoria ma erano ancora argomenti pesanti, nonostante un terapeuta si assicurasse che fossero sempre onesti e aperti riguardo a quelle preoccupazioni.

"Sei uno scrittore maledettamente bravo: un brindisi a molti altri successi," disse Alex, per brindare con il bicchiere d'acqua e smorzare la tensione.

Brindarono con lui e Wes guardò Alex mentre poggiava la mano sulla pancia di Tabby quando credeva che nessuno lo vedesse. Beh, interessante. Tenuto conto di quello che aveva passato Alex in passato, Wes era incredibilmente contento per la coppia, se ci aveva visto giusto.

I gemelli di Storm ed Everly si svegliarono dal pisolino insieme a Randy, il cagnolino che non era più un cucciolo, e andarono a giocare con i cugini. Wes sorrise davanti all'espressione di Storm. Il fratello gemello era un papà felice e ancora il migliore amico della ragazza di Wes. Forse, in un'altra famiglia, quello sarebbe stato un problema, ma ne avevano passate talmente tante nel corso degli anni che non valeva la pena di preoccuparsi di quello che dicevano gli altri.

"Allora, quando pensate di finire con il magazzino?" chiese Austin.

Avevano dovuto interrompere i lavori per due settimane per via delle indagini della polizia, ma per fortuna erano pronti a realizzare gli spazi delle singole attività nell'edificio principale.

Avevano dato la cassaforte alle autorità mentre Jillian era ancora in ospedale, insieme a tutto quello che avevano trovato. Gli attuali proprietari del magazzino erano stati onesti e non avevano nessuna idea di quello che era successo prima che acquistassero l'edificio. Gli uomini che avevano attaccato Wes nel vicolo e poi in cantiere dovevano ancora essere processati, e c'erano persino più accuse per quelli che avevano sparato a Jillian e fatto irruzione in casa sua. Wes non era sicuro di quello che sarebbe successo, perché non era un avvocato e non aveva le competenze necessarie, ma avrebbe fatto tutto il possibile per assicurarsi che la famiglia e le case fossero al sicuro da chi aveva tentato di far loro del male.

"Un mese, se restiamo concentrati sull'obiettivo," disse Wes, mentre si toglieva dalla testa quello che non poteva sistemare. La libreria di Everly aveva riaperto con un'inaugurazione speciale due settimane prima e parte della squadra stava lavorando ad altri progetti dell'azienda. I Montgomery stavano andando avanti e facendo carriera: Wes sapeva che era merito di tutti.

"Ottimo," disse Marie con un brivido. "Sarò felice quando porterete a casa anche questo progetto, figlioli." Era abbastanza vicina da baciare Jillian sulla spalla guarita e abbracciare la futura nuora.

Wes non poté fare a meno di sorridere all'espressione di Jillian. I genitori l'avevano praticamente adottata ed era sicuro che, se non l'avesse sposata, avrebbero trovato comunque un modo di renderla legalmente una Montgomery. Era la loro filosofia di vita.

"C'è un altro progetto in cantiere, però," disse

Storm e fece l'occhiolino, mentre Wes si limitò a sorridere.

"Ah sì?" chiese Miranda. "Quale?"

"Beh, non possiamo ancora dirlo," glissò Wes. "Ma posso anticiparti che potrebbe coinvolgere quasi tutti i Montgomery di qui... e qualcuno a Colorado Springs."

Austin e Maya si scambiarono uno sguardo d'intesa e Wes non vedeva l'ora che fossero pronti a parlarne. Quello, però, sarebbe successo un'altra volta. Per il momento voleva solo stringere la donna che amava e scoprire che altro era successo in famiglia negli ultimi giorni, dato che non si erano proprio visti con calma.

"Sono felice," sussurrò Jillian mentre gli altri parlavano.

Wes si chinò e la baciò. "Sì? Anche io."

"E non vedo l'ora di essere la signora Wesley Montgomery."

Wes strinse gli occhi. "Che ti avevo detto sul chiamarmi Wesley?"

"Che lo adori e che lo vuoi scritto sulla torta nuziale?"

Wes ringhiò e le morse il labbro prima di baciarla. "Mi farai venire i capelli bianchi, Jilli."

Jillian gli studiò le tempie e aggrottò la fronte. "Farò?"

Wes borbottò di nuovo e sussurrò, "Questa me la paghi."

"Dici sempre così. Ma, Wes? Sarò sempre qui a vedere che asso hai nella manica. Sempre."

Anche se tutta la famiglia continuava a ridere e scherzare intorno a lui, Wes aveva occhi solo per la donna che aveva tra le braccia. Non se l'era aspettata e sapeva che per Jillian valeva lo stesso. Alla fine, lui aveva trovato un lieto fine, non con la persona che si era immaginato e nemmeno lungo la strada che era sembrata più semplice.

Avevano lottato con le unghie per la felicità.

Era l'unico modo che Wes conosceva.

Alla Montgomery, dopo tutto.

E dopo?

La serie Montgomery Ink si sposta a sud con Montgomery Ink: Colorado Springs e SOTTO PRESSIONE.

Una nota di Carrie Ann

Un immenso grazie per aver letto **RICORDI PER SEMPRE.** Se ti è piaciuta questa storia, gradirei tanto una recensione! Le recensioni aiutano gli autori *e* i lettori.

Sono onorata che tu abbia scelto di leggere questo libro e che abbia amato i Montgomery tanto quanto me!

Ora comincia una nuova serie con Sotto pressione. Adrienne, Thea e Roxie sono le sorelle di Shep, pronte per i rispettivi amori felici. Adrienne è la prima con SOTTO PRESSIONE.

La serie sui fratelli Gallagher giunge quindi al termine: mi dispiace dovermi separare da questi personaggi, ma forse li incontreremo di nuovo nel mondo della Montgomery Ink, con le serie Montgomery Ink, e I Segreti del whiskey.

Se vuoi rimanere aggiornato su nuovi libri o promozioni, sentiti libero di iscriverti alla newsletter di Carrie Ann.

Whiskey e bugie:

Libro I: I Segreti del whiskey

Ti interessa essere un blogger e revisore per Carrie Ann Ryan? Registrati qui!